庫

グリーン・グリーン

新米教師二年目の試練

あさのあつこ

徳間書店

目次

一　新米教師、奮闘する

失神、一歩手前だった。

二十ン年間の人生の中で、こんな状況に追い込まれたのは初めてだ。脚が震え、汗が滲（にじ）み出る。滲み出た汗が、眼に染みた。

指先が震えて、いや、身体（からだ）全部が震えている。

血の臭（にお）いが鼻を衝（つ）く。

「もたもたするな」

野太い男の声が響く。

「一思いに、すっぱりやるんだ。すっぱりな」

すっ、すっぱり殺（や）る……。む、無理。わたしにはできない。

握ったナイフが鈍（にぶ）く輝く。

吐き気（け）が込み上げる。

無理だ。でも、やらなくちゃならない。やらなくちゃ……。誰かに強いられたわけじゃない。わたしが決めたんだ。やると決めた。

ナイフを握りしめる。

一歩、前に出る……つもりだったのに、足が縺れた。

「きやゃぁっ」

叫びながら床に転がった。とっさに伸ばした手がバケツの縁を掴む。掴まない方がよかった。十倍も、二十倍も、百倍もよかった。掴まなければ転がっただけで済んだのだ。膝に打ち身の痣ができて二、三日疼いたとしても、顔をしたたかに打ち付けて派手に鼻血を出したとしても、眼鏡がふっとんで、視界がぼやけ、一昔前のギャグみたいに「メガネ、メガネ」なんてあたふたしたとしても、それでも、バケツを掴み、倒し、中身を全部ぶちまけるよりはマシだったろう。十倍も、二十倍も、百倍もマシだった。

バケツの中身がぶちまけられる。

取り出されたばかりで、湯気が立つほど温かな臓物が床の上に広がる。腥さも広がった。もっとも、その臭いは室内にたっぷりと満ちているので、誰も気にしない。むしろ、バケツが転がったさいの、賑やかな音に驚いたようだ。

「びびった。どうしたんやが」

「あ〜あ、やっちゃった」

「きゃあっ、たいへんやが」

悲鳴や嘆息に一瞬ざわついたけれど、すぐに静かになった。

生徒たちは、また、黙々と作業に取り掛かる。

「翠川先生、大丈夫ですか」

作業着にビニールエプロン姿の男が、しゃがみこんできた。

「気分でも悪くなったんじゃないですか」

「い、いえ。足が滑っただけです。す、すみません。あ、ナイフがどこかに……あ、あった」

真緑は傍らに落ちていたナイフを拾い上げた。

「ひえっ、翠川先生、危ないですよ。刃先をこっちに向けんといてください」

「あ、す、すみません」

「作業、続けますが、よろしいかな」

「も、もちろんです」

慌てて、立ち上がる。立ち上がって気が付いた。

真緑のぶちまけた内臓を一人の生徒が拾い集めてくれていた。やはり、作業着の上に長いエプロンを着け、マスクで顔の大半を覆（おお）い、作業帽を深々とかぶっているので、誰なのか見分けがつかない。華奢（きゃしゃ）な体形だから、女子には違いないだろうが。

「あ、ごめんなさい。ありがとう」

「いえ……」

少女は軽く頭を下げて、作業台に戻った。

鶏の頸動脈（けいどうみゃく）を切り、血抜きをする作業だ。鶏はその前に頸骨（けいこつ）を折る処置をしている。

やだ、あの生徒の方があたしより、ずっとしっかりしてる。

真緑は胸の内で自分を叱る。

真緑、しゃんとしなさい。あんたは教師なのよ。

そう、真緑は教師だった。

翠川真緑。

県立喜多川（きたがわ）農林高等学校、二年二組担任。国語担当。

教師歴一年ちょっと。

まさに新米中の新米だった。

真緑は都会で生まれ、育った。幼稚園から高校卒業までは衛星都市と呼ばれる場所で、大学時代は世界有数の大都市のほぼ真ん中で暮らした。連なる山々とも、梟の鳴き声とも、虫の音とも、稲穂とも、田植えとも、刈り入れとも、畑とも、白菜の植え付けとも、春菊の取り入れとも、果物や花卉類の栽培とも、牛とも豚とも山羊とも鶏とも無縁で生きてきたのだ。接点など何一つなかった。

今は、そんなものばかりに囲まれて日々を過ごしている。そのかわり、数分に一本の割合でやってくる電車や一か所でたいていの物は揃ってしまう大型商業施設やコンビニやそびえたつビル群や洒落たカフェやレストラン、ブティックなどなどは、きれいに消えてしまった。

喜多川農林高校はドが付く田舎にある。真緑が下宿先（築百年以上という古民家だ。丸々一軒、借りている。真緑はここで初めて、囲炉裏や土間、梁のある生活を経験した。梁の上を鼬が走る足音も漆黒としか言いようのない闇も知った。因みに、家賃は月六千円だ。空き家対策の名目で県から助成金が出ているらしい）に選んだ兎鍋村もドが複数付くほどの田舎だった。

なぜ、そんな縁もゆかりもない複数ド付きの職場及び下宿先を選んだか。

理由はある。

確かな理由はあるけれど、それを上手く説明できる自信が真緑にはなかった。いや、説明はできるのだ。ただ、その説明で相手が納得してくれるかどうかは、はなはだ心許ない。

失恋したときに食べたお握りが、あまりにも美味しかったから、どうしても、そのお米の産地で暮らしてみたかった。

なんて理由、納得できる？

真緑自身、誰かに告げられたら戸惑ってしまうだろう。あやふやな笑みなんか浮かべて、「そういうの理由になるんだ」なんて、呆れていたはずだ。実際、「そうか、一大決心だね。頑張れ、真緑」と励ましてくれたのは親友の朋絵ただ一人だけだった。母の加南子などは、露骨に驚き、露骨に怒り、露骨に娘を罵倒した。

「何を考えてるの。頭を冷やしなさい。あんたみたいに甘やかされて育った娘が田舎暮らしなんて、一人で見知らぬ土地で暮らすなんてできるわけがないでしょ」

と。早くに夫を亡くし、女手一つで娘を育ててきた加南子にすれば、ある意味当然の怒りであり驚きであったかもしれない。

大学卒業後、数年働いた後は婿を迎える形で結婚。出産を機に母親と同居する。それが加南子の描いた娘の未来モデルだったのだ。翠川家はそこそこの資産家でそこそこの土地持ちだった。真緑と加南子が住んでいた家も、敷地もそこそこ広い。

「ここで暮らせば、なんの苦労もしなくて済むのよ。なんのために、そんな山奥の知り合いもいないところで就職するの？　正気なの？　お母さん、信じられない」

加南子は身体を震わせて怒り、涙を零し、嘆き、脅しさえした。

「そんな田舎に行くなら、もう二度と、この家に帰ってこない覚悟で出て行ってちょうだい」

脅した後、懐柔もしてきた。

「ね、真緑。よぉく考えてごらん。あなたに田舎暮らしなんてできるわけないでしょ。便利な都会の生活しか知らないんだから。ね、わかってるの。電気も水道もないかもしれないのよ」

最後の台詞には噴き出しそうになった。噴き出したりしたら火に油を注ぐようなものだと心得ていたから、笑いの塊をぐっと呑み込んだ。

兎鍋村には足を運んで、どんなところか自分の眼で確かめていた。確かに山に囲まれた村落ではあった。湧き水がきれいで野菜を洗ったり、飲み水に使ったりもできた。夜は闇に塗り込められもした。でも、電気も水道もちゃんとある。本数は少なくても路線バスも通っていたし、村人のほとんどが軽トラックも含めてだが、自家用の車を所有している。スマホだって使用可能だ。

加南子はいつの時代の、どの国の村を想像したのだろうか。

兎鍋村に住むようになって、喜多川農林に赴任してみて、真緑は都会から眺めた田舎のイメージがかなり偏って、いい加減なものであることを実感していた。

電気も水道も通っていない未開の地でもないし、自然豊かで心優しい人々の集う癒しの場でもない。

都会と同じ、人間が生きているところだ。苦悩があり、歓喜があり、希望と絶望がある。懸命に努力する人たちがいて、狡猾で酷薄な人たちがいる。貧困にあえいで、儲けを手にして、幸せを求めて、自分らしさを模索して、明日を見据えて、今このときしか考えられなくて、恋して、憎んで、謗って、疎んで、愛しんで生きている。

どこも変わりはない。

ただ、向き不向きはあると思う。

真緑は自分が案外、田舎向きの人間なのだと気が付いた。頻闇の底知れない黒を怖がるより（さすがに引っ越してきてから一週間ほどは、怖くて外に出られなかったが）、圧倒される。美しいと感じる。映画館もショッピングセンターもないのは正直淋しいけれど、爛漫に咲く桜や柳の揺れる川辺の光景、夕空を渡る雁の一群を眺めて飽くことがない。退屈を持て余すより、未知に触れて心躍る回数の方がずっと多かった。何より、ご飯が美味しい。美味しくてたまらない。古民家の管理者でもある藤内(とうない)家(け)でご馳走(ちそう)になる食事、特にご飯は蕩(とろ)けるほど美味しくて、幾らでも食べられた。食べて、ああ幸せだと心底思ったりする。

学生時代は食が細くて、子ども用サイズの茶碗に軽く一膳食べるのがやっとだったのに、今では一回り大きな茶碗を使って、おかわりまでしてしまう。おかずも、きれいに平らげる。野菜も肉も魚も残さない。

「先生は、ええねえ。食べても食べても、ちっとも太らんて。羨(うらや)ましいわ」

藤内家の若嫁さん（こういう呼び方も初めて知った）である真弓(まゆみ)さんは、真緑の空(から)になった皿や小鉢をしげしげ見詰めながら、よくため息を吐(つ)いた。

「うちなんか、食べた物がそのまんま脂肪になる気がするんよ。何とかならんかしら」

お腹(なか)をつまんで伸ばして、また息を吐き出す。

真弓さんは真緑より五つ六つ年上だが、小柄で童顔なので二十歳(はたち)前後にしか見えない。美人ではないが、かわいらしい。藤内さんが、真弓さんにぞっこん惚れ込んでいるのもわかる。

真緑にしてみれば、ふっくらした頰も柔らかな身体の線もそれこそ羨ましい。痩せて、ひょろりと高いだけの体形は、真緑のコンプレックスの一つでもあったのだ。

それでも、この一年ちょっとのうちに、体重は二キロほど増えた。増えただけでなく、手足にちょっぴりだが筋肉が付いた。筋肉に比例して体力もついてきた。以前は、校内（やたら広い。畜産科の牛舎や鶏舎があるし、食品化学科の作業場、園芸・栽培科の畑やビニールハウスもかなりの数ある。林業科の研修林は、さすがに他所だが）を歩くだけで息が切れてへとへとになっていたのに、今では走り回っても……息は切れるが、回復は格段に早くなった。

食べて、ぐっすり眠って、太って、体力をつける。

兎鍋村及び喜多川農林での日々を真緑は気に入っていた。もっと言えば、好きなのだ。田舎暮らしが性に合っているとも思う。

正月休みに実家に帰ったとき、加南子には正直に告げた。

「母さん、あたし、今の暮らしが嫌じゃないんだ。というか、好きなの。だからね、当分、あっちで頑張るね」

加南子の眉がひくりと動いた。

「結婚はどうするの」

「結婚？　そんなことまだまだ先のことでしょ」

「あんた、自分の年がわかってる？　わたしがあんたの年には、もう母親になってましたよ」

「時代が違うでしょ」

「時代がどうあろうと、結婚にも子どもを産むにもいい頃合いってのがあるの。覚えておきなさい」

「頃合いねえ」

「それに、私立じゃないんだから、転勤ってこともあるでしょ」

「え？」

母と二人で鍋を囲みながらの会話だった。白菜の豆乳鍋。白菜は年末に真緑が送ったものだ。園芸・栽培科の生徒たちの作品だった。そのまま生で食べられるほど甘い。

「これが白菜なら、今まで食べてたのは何だったのかしら」

加南子をして、そこまで言わしめた味だ。

「転勤って……」

鍋に箸を突っ込んだまま黙り込んだ娘を見て、加南子は苦笑いを浮かべた。

「公立高校の教師ですもの、転勤は当たり前なんじゃない。初任地の高校に退職までずっと勤務してる先生なんていないでしょ。あんただって、いつかは転勤の辞令がおりるわよ」

だいたいねと、加南子は続けた。

ああ、いつもこうだったな。

鍋のたてる湯気の向こうで母が顎を上げ、薄く笑っている。

真緑は息を呑み込む。喉の奥がこくっと鳴った。

あたしが何かしくじりをするたびに、つまずくたびに、母さんはこうやって畳みかけてきた。反論なんて許さないという口調で。あたしは、たいてい黙り込んでしまう。黙って項垂れて、母さんの声を聞いていた。

「あんたが出身地でもない地方の採用試験に受かって、希望通りにそのキタガワとかいう高校に赴任できたの、運がよかったからじゃないの。あんた的には、だけど。普通はそう思うようにいかないでしょ。それとも、農林高校って教師のなり手が少ないわけ？」

園芸・栽培にしろ畜産にしろ食品化学にしろ、特殊な分野だ。専門性が高い。大学を出て教員資格を取ったからといって、勤まる仕事ではないのだ。そういうことを加南子は理解できないだろう。植物や家畜を育て出荷するプロの業を加南子は知らないし、知ろうともしない。

「まあね、あんたは優秀だし、一流大学を出てるし、採用されるのは当たり前でしょうよ。望めばもっといい、何倍もいい就職先は幾らでもあったはずよ。なのにあんたったら……」

「いい就職先ってどういうのよ」

「そりゃあ……安定して名の通った大企業とか……」

「安定度なら公務員に勝るものはないでしょ。母さん、ニュース番組好きでよく見てるじゃない。名の通った大企業や銀行が破たん寸前だって騒いでるよね」

「あれは、特別な事情があって……」

「特別じゃない。どこにでも起こることなの。今の世の中に、絶対に潰れないって企業なんてないんだから。母さんて、ほんと見栄っ張りなんだよねえ」

「見栄っ張りですって」

「そうだよ。母さんは名の通った企業に就職した娘を自慢したかったんでしょ。地方の農林高校の教師じゃ嫌だったんでしょ。知り合いとか親戚から、『あなたの娘はすごい』って感心してもらいたかったけど、それが上手くいかなくてがっかりしてるんだよね」

「真緑！」

「残念でした。でも、あたしはあたしの選んだ道に後悔してないから。ちっとも、後悔してないの」

「真緑、何てことを……親に向かってそんなことをよくも……あんまりだわ。父さんが亡くなってから、わたしがどんなに苦労して、あんたを育てたと思ってるの。それを……」

加南子の顎が震えている。頰から血の気が引いて、蒼白（あおじろ）くなった。

憤（いきどお）っている。とても、腹を立てているのだ。

昔は、この顔が怖かった。母の頰が白く強張（こわば）ると、苦しいほどの動悸（どうき）がした。今だって、本当はちょっと怖い。怖いけれど伝えたいことがある。怯（ひる）んでばかりもいられない。

白菜を口の中に放り込む。

美味しい。

柔らかいのに歯ごたえがあって、呑み込んだ後も白菜独特の甘みがほんのりと口中に残る。

「母さん、白菜、しっかり食べてよ。ほんと、美味しいんだから」

加南子は鼻を鳴らし、横を向いた。

「わかってますよ、そんなこと。美味しいから鍋にも、シチューにも、煮物にも、炒め物にも使ったわよ。これが最後の一玉だったんだからね」

「あ、そうなんだ。じゃあ、また送るね。少し玉は小さくなるけど、しっかり寒さに当たっているから甘さがさらに増すんだって。楽しみにしといてよ」

はあっ。加南子が息を吐いた。頰に血の気が戻る。怒りを解いた母は急に老けて、背が丸くなったようだ。

「あんた、ほんとに農林高校の教師になっちゃったのね」

「当たり前でしょ」

「ふん、何が当たり前よ。この間まで白菜の調理法なんて一つも知らなかったくせに、よく言うこと」

「う……一つぐらいは知ってたけど。ただまあ、スーパーに積まれているやつしか知らなかったのは事実ね。畑に並んだ白菜を初めて見たときは、ちょっと驚いた。レタスにもキャベツにも驚かされちゃったなあ」

箸を置く。

「ねえ、母さん。このとびっきり美味しい白菜を作ったの、あたしの生徒なの。あたしが初めて担任した生徒。まだ、高校生だよ。その子たちがこんなすごい物、作れるんだよ。白菜だけじゃなくて、他の野菜も果物も花卉も作るの」

「カキ？」

「観賞用の植物のこと。シクラメンとかプリムラとか葉牡丹とか」

「ふーん」

「あたし、あの子たちが誇らしいの。バーチャルじゃないのよ。現実にこんな野菜を作って、花を咲かせて……そんなことができる生徒たちなんだよ。すごいでしょ。あたし、そういう子たちの教師をやってるの。『先生』なんて呼ばれてるの」

　このところ、『先生』より『グリーン・グリーン』と渾名で呼ばれることが多い。学年主任の豊福有希子に言わせると、あまり好ましくない傾向だそうだ。

「『グリーン・グリーン』って、まあ確かに、可愛らしいニックネームよな。響きもええし。けどな、翠川先生、それで生徒に好かれてるなんて思い違いして舞い上がったら、いけんよ。ニックネームで生徒から呼ばれるんは、親しみやすいってことやけど、それ、ええ面ばっかじゃないけんね。むしろ、弊害もたんと出てくるし」

「……といいますと？」

「親しみやすい＝友達っぽい＝同等の存在＝なめられる。なんて方程式があるんやからね」

「は？　今の方程式ですか」

「そうや、文句あるん」

「まったくありません」

「教師は、親もそうやけど、決して友達になったらあかんの。友達になるんは友達に任せたらええの。教師には教師の、親には親の立場ってもんがあるんやからね。友達と違うて、毅然として意見を言わなあかんときも、叱らなあかんときも、厳しくせなあかんときも、いっぱいあるの。一線を画すってのは教師にとって、ものすごう大切なことなんやで。わかる？」

「はい。何となくですが……頭では理解できます。でも、実際にどうなのかというと、ちょっと自信が……」

「もう、ほんま、翠川先生は頼りないな。世話が焼ける」

「すみません」

「謝らんでよろし。謝罪は大切やけど、この世には謝って解決できることは、そんなに多くありません」

「は、はい」

「翠川先生はすぐに謝る。素直で正直なんは美点なんやけど、欠点でもあるんよね。

もうちょっと、自分ってものをもって、しゃんとしなさい、しゃんと」

「はい」

「ええね。うちらの仕事は生徒になめられたら終わりやで。指導なんてできんようになってまうからね。よう肝に銘じときや」

方言で早口の豊福の言葉は半分ぐらいしか聞き取れなかった。しかし、意味はしっかり伝わってきた。

素直で正直。

それがわたしの美点であり欠点なんだ。

改めて考える。

ごめんなさい。すみません。申し訳ありません。

詫びの言葉をいつも口にしていた。

素直に謝りなさい。不貞腐(ふてくさ)れては駄目。口答えしても駄目。きちんと謝れる子が一番、良い子なの。

そう躾(しつ)けられてきた。躾けたのは母だけど、そこから一歩も踏み出さないで安易な詫びを繰り返してきたのは、自分自身だ。その方が楽だから。そうすれば、何にぶつかることも傷つくこともないから、だ。それでは、教師はやっていけない。鼻先に突ない。

き付けられた課題だ。教師を続けたければ、素直で正直なだけの人間のままじゃいけない。

強く意識したわけではないが、心の底には秘めていた。それに現実問題として、十代の生徒たちは素直で正直なだけの教師を信頼してくれるほど甘くはなかったのだ。

素直さを装（よそお）ってごまかしていないか。

正直を隠れ蓑（みの）に逃げてはいないか。

謝って、それでうやむやにしようとしていないか。

教師としての、大人としての責任をとってる？　やるべきことをやってる？　やっちゃいけないことをやっていない？　ねえ、先生。どうなん？　どうなん？　どうなん？　どうなん？

まだ。胸は張れない。「ええ、わたしはちゃんとやってます」とも「一人前の大人で、一人前の教師です」とも宣言できない。

でも、鍛（きた）えられはした。

筋肉が付いたのは手足だけじゃない。気持ちの方も、ちょっぴりちょっぴり逞（たくま）しくなった……と、思っている。

「わかったわよ」

加南子が髪を掻き上げた。

「わかりました。あんたの好きなようにすればいいじゃない。辺鄙な山の中で、白菜でもシクラメンでも作って喜んでればいいじゃないの。母さんは、もう知りません。ええ、知りませんよ。そんな田舎、どうせ、ろくな男もいないんでしょ。お爺さんばっかりで。ふふん、結婚できないって泣きついてきても、遅いんだからね」

「母さん、だから、田舎をパターン化し過ぎだって。頼もしくて、かっこいい若い男、けっこういるんだから」

「どうせ、生徒のことでしょ」

「違うわよ」

「じゃ、誰よ。同僚の先生？　真緑、まさか付き合っている相手がいるとかじゃないわよね」

加南子が身を乗り出してくる。湯気が揺れた。

「違うわよ。全然、関係ない人」

手を振る。振りながら、ふっと思った。

あたし、誰のことを言ったんだろ。

面影が一つ、頭の隅を過った。

「何、どうしたの。誰か思い当たる相手がいるわけ？」

「違うったら。あたしは、今、仕事のことだけでいっぱいいっぱいなんだから。恋とか結婚とか、まったく関わりありありません」

　頭を振る。面影を振り払う。

「そうなら、いいけど……」

　加南子は目を細めて真緑を見やった。

「勝手に就職したうえに、勝手に結婚なんて冗談じゃないからね。一人娘に遥かな田舎で結婚なんかされたら……、ああ、考えただけで目眩がしてくる」

「わかった、わかった。もう、そんな話は止めて、食べようよ。せっかくの白菜がくたくたになっちゃうよ」

「あんたが、言い返すから喧嘩になっちゃうんじゃないの。あぁあ、昔の素直で可愛い真緑が懐かしいわ」

　加南子がまた、ため息を吐いた。前のより、ずい分と長い。目を伏せ、哀し気な表情を浮かべる。

「母さん、ほら、お肉も入れるよ。豚肉をしゃぶしゃぶ風にして食べると、最高なんだよね」

「鶏肉でも美味しいけど。そういえば、いないの」

「何が？」

「家畜。農林高校なら飼育してるんじゃないの」

「してるよ。鶏は三百羽ぐらい飼ってるのかな。採卵用と肉用」

「サイラン？」

「卵を産ませて採るってこと。卵用種は白色レグホーン種で肉はブロイラー。母さんも聞いたことぐらいあるでしょ」

「まあね。豚や牛もいるの」

「いる。牛は二頭だけ。でも、畜産科の子は月に二度、近くの畜産農家や酪農場で実習させてもらうの。三年生になったら泊まり込みで一カ月間、実習するらしいよ」

「ふーん」

加南子はまるで興味のない顔で鍋をつついていた。白菜と豚肉を摘み上げ、口に運ぶ。

「うん、美味しい。白菜と豚肉の相性は最高だわね」

「だね」

「言っとくけど、このお鍋がおいしいのは白菜だけのおかげじゃないからね。わたしの出汁の取り方がいいのよ」

「わかってます。わかってます」

「ほんとに、わかってんの」

「わかってるって。母さんの料理の腕はあたしが一番よく、わかってますから。ご安心を」

「何を安心すればいいのよ。まったく、やけに調子のいい娘になっちゃって、困りもんだわ」

　ふっと笑みが零れた。

　ちょっとした諍いの後すぐに、こんな風に笑って食事ができる。以前なら考えられなかった。空気は固まり、ひえびえとして、どこもかしこも居心地が悪くて辛かった。鍋から湯気があがっていても、身も心もちっとも温まらなかったのだ。

　うん、やっぱり逞しくなってる。強くなってる。柔軟になってる。

　いいぞ、真緑。自分の成長を実感しようぜ。前向きに、前向きに。

「豚は？」

「はい？」

「豚も飼ってるの。あんたの勤務先」

「あ……豚。いるよ、三頭。いるけど……」

「うん？　豚がどうかしたの。何だか妙に言い辛そうだけど」

「別に……、豚は豚で……ごく普通の豚だし……」

口ごもる。鍋に浮いた白っぽい肉から目を逸らす。

ごく普通なんかじゃない。

喜多川農林高校、飼育豚二〇一号はしゃべるのだ。といっても、そう思っているのは真緑だけで、他の者には〝ごく普通の豚〟とやらに見えるらしい。というか、〝ごく普通の豚〟以外の何者でもないらしいのだ。そこのところが、どうにも解せない。なぜ、自分だけ、二〇一号とだけ、話ができるのだろう。真緑は二〇〇号とも二〇二号とも会話はできない。意思を通じ合わせることもできない。できなくても不思議じゃない。相手は豚なのだ。

二〇一号とだけだった。

あんたが豚に近いんじゃないかい。

と、二〇一号は言う。

「あたしが豚に？　どこがよ。そっちこそ、人間に似てるとこあるんじゃないの。どこが似てるか、よくわかんないけど」

止めてもらいたいね、そういう笑えない冗談は。あたしは、生粋の豚なんだから。

人間なんかに似てたまるもんか。

「こっちだって、生粋の人間よ。豚に近いなんて嫌です」

なんて言い合っていたら、畜産科の一年生が遠巻きにして、じっと眺めていた。

「やっぱ、あの噂……」「うん、喜多川には豚としゃべれる先生がおるって、ほんまやったんやなあ」なんて囁き(ささや)を交わしているに違いない。

恥ずかしくて、その場を逃げ出してしまった。

「あんた、さばけるの」

唐突に加南子が問うてきた。鍋の中身はあらかたなくなっている。

「さばけるって、豚を？　そりゃあ無理よ」

「鶏よ」

「鶏……」

「そう。肉用の種類も飼ってるんでしょ。牛や豚は無理でも、鶏なら高校生でもさばけるんじゃないの」

「畜産科の子は豚の解体までするよ。牛の種付けも実習するみたい」

「あら、まあ、高校生が豚を？」

加南子の双眸(そうぼう)が大きく見開かれる。そこに興味の光が点(とも)った。

「それはすごいわ。そんなことができるのねえ。女の子もいるんでしょ。その子たちも？」

「もちろん。授業だから男も女もないでしょ。鶏は、飼育していたのを自分たちの手でさばくの。肉にして業者に卸すとか言ってたな」

「あんたはどうなのよ」

「あたし？　あたしは国語の担当だもの。鶏の解体は関係ないよ」

「でも生徒ができるのに教師ができないってのも、おかしくない」

「おかしくないでしょ」

加南子の発想は突飛で、ある意味、個性的だ。苦笑するしかない。

「わたしはできるよ」

ぼそっと加南子が呟いた。

「えっ、母さん、鶏をさばけるの」

思わず声を大きくしていた。お洒落で、潔癖で、臭いにも音にも敏感な母が鶏をさばく？　ちょっと現実離れしている。

「昔ね、家で鶏飼ってたの。母親が……あんたのお祖母ちゃんだけど知らないわよね。あんたが生まれるずっとずっと前、わたしが娘のころに死んじゃったからね」

祖母の記憶は一かけらもない。着物姿で微笑(ほほえ)んでいる遺影を思い出すだけだ。目元が母とそっくりで驚いた覚えは残っている。

「身体が弱い人で、ずっと寝たり起きたりの生活をしてたの。新鮮な鶏の肝が病によく効くって父親が聞いてきて、それで鶏を飼い始めたの。それをさばいて、母のために肝を取り出すのが、わたしの役目だったわ。毎日、一羽、さばいてた。そういえば、あの鶏の肉のほとんどは父が食べてたわね。母のためだなんて言いながら、ほんとは自分が肉を食べたかっただけだったのかもね。でも、わたしは母に元気になって欲しい一心で、鶏を潰してた。なのにある日、母に言われて……。『わたしに肝ばかり食べさせて、おまえは美味しい肉を独り占めしたんだろう』って。もう傍(そば)に来るなって。ひどいと思わない」

真緑はどう答えていいか、言葉に詰まった。

初めて聞く、母と祖母との話だった。

「わたしはその日から、鶏を潰すのを止めた。悔しくて、悲しくて……もう絶対に母のためなんかに鶏を殺さないって……。母が亡くなったのは、それから、間もなくだった。もしかして、あの一言は死を目前にした病人の恐怖や苛立(いらだ)ちからだったのかななんて、考えちゃった。鶏の肝を食べなかったから死んだとまでは思わなかったけど、気持ちは重かったな」

母親と心のすれ違った娘として、生きた時間があったのか。この人もまた、母親との結び付き方に苦しんできたのか。

黙り込んだ真緑に気付き加南子は、はははと笑い声を上げた。

「ともかく、わたしはちゃんと鶏をさばけますからね。あんたより上よね」

妙に軽い調子で付け加え、また笑った。

加南子の言葉が引っ掛かっていた……のだろう。

そうでなければ、鶏の解体授業を参観したいなんて申し出なかったはずだ。二年生だけだが、畜産科以外の生徒も希望すれば、解体授業に参加できる。命を育み、命を食べる。それを実践しようという試みだ。二組にも数人の希望者がいた。

「わたしも参観してよろしいでしょうか」

畜産科の養鶏担当教諭である平崎に尋ねてみた。まだ三十代前半だが既に三人の子がいるという平崎は、痩せて手足が長く、鶏というより鶴を連想させる。

「翠川先生が？　そりゃあ、構いませんが、慣れないとけっこう大変ですよ」

「でも、生徒たちもやるんですよね」

「生徒たちは慣れてますから。畜産科の子は、ですけどね」

「はあ……。やはり、わたしには無理でしょうか」

「無理じゃないですよ。そんな難しい作業じゃないし」

「え？　いえ、作業だなんて。ただ見せていただくだけでいいんです。邪魔にならないようにしてますから」

　ああ、そうですか、はいはい。

　平崎は確かにそう返事をしたはずなのに、あまつさえ、二度三度頷いたはずなのに、園芸・栽培科の二組の生徒三名を連れて鶏舎の横にある作業室に入ると、真緑の分の作業着とナイフが用意されていた。

「ひ、平崎先生、わ、わたし作業はちょっと……あの、参観だけさせて頂きたいと……」

「ああ、大丈夫ですよ。そんな難しい作業じゃないし」

「いや、それはさっきも聞きましたけど、難しいとか易しいとかの問題じゃなくて……やっぱり、あの無理で」

「ああ、大丈夫ですよ。頸骨を折るのはこっちでやりますから」

「けっ、頸骨を折る」

「そうですよ。生きたまま解体するわけにはいかんでしょう」

「そっ、そうですけど、あ、あのやっぱり……無理かと……」

「大丈夫です。まったく問題ありません。はい、みんな着がえたら集合。えーっと、今日は二組の生徒が参加しているので、手順を簡単に説明する。いいか、一度しか言わんから、しっかり聞けよ。まずは、ざっと鶏の部位を教える」

平崎が声を張り上げる。

堂々とした野太い声だ。職員室でしゃべるときは、もっと細くて小さい。ぼそぼそとしゃべり、耳をそばだてなければ聞き取りづらいこともあった。鶏の匂いを嗅ぐと溌剌とする体質なのだろうか。

「グリーン・グリーン、おれらもいるから、心配すんなって」

真桜健斗に背中を叩かれる。二組の生徒だ。一年前の春、真緑が初めて担任した生徒の一人だった。他に、二組からは生方竹哉と佐竹祐二が参加していた。

この子たちが卒業するとき、あたし、絶対に号泣しちゃうだろうな。

確信に限りなく近く、思う。初めて担任した生徒たちを送り出すとき、どんな感情が胸内で渦巻くのか。怖いような気さえする。取り乱して泣き崩れたらどうしようなんて考えてしまう。

「……ということで、だいたいのことはわかったか。二組、どうだ」

「イマイチですが、何とかやれる気はします」

二組で一番大柄な生方竹哉が答えた。去年に引き続き、今年もルーム長を務めている。授業中、やたら寝てしまうのは閉口するが、クラスのまとめ役として貴重な存在だった。

「よし、それでは始める。まずは、鶏の頸骨に圧を加える。各自、二羽ずつ、機械に装着」

「ほい、これが先生の分」

二羽の鶏を渡される。脚が括（くく）られているからなのか、覚悟を決めて死を待っているからなのか、おとなしい。

天井（てんじょう）から吊（つ）るされた円盤形の機械に鶏をぶら下げていく。

クエッ。

突然、手の中の鶏が鳴いた。真緑の方は泣きそうだ。

「はい、スイッチ入れて」

風を起こして機械が回る。それだけで、鶏の頸骨は折れてしまうのだ。ただ、音は聞こえる。ゴツッ、ゴツッと骨の砕（くだ）ける音が響く。

もう、駄目かも。

真緑は目を閉じた。いつの間にか手にナイフを握っている。いつ、渡されたか覚えがない。

「さあ、いよいよ解体にかかるぞ」

平崎の楽しげな声が耳の奥まで滑り込んでくる。わんわんとこだまする。

「先生、先生、真緑先生」

張りのある若い声が、真緑を呼んでいる。

真弓さんだ。

藤内さんの古民家は、その昔、明治から大正の末にかけて、薪炭業で一財産を築いた男の持ち家だったらしい。正確には持ち家の一つだ。本来の屋敷は東隣の、今は空地と藤内さんの養鶏場になっているところに建っていたとか。全てが敷地だったとすれば、家ではなくまさに屋敷としか呼びようがない広さだ。そうとうの資産家だった男は、薪炭需要の縮小とともに、転がるように没落していったそうだ。

藤内さんの遠縁にあたるその人の晩年の姿を、藤内さんのお祖母ちゃんはうっすらと覚えているという。

「偏屈な痩せた爺さまだったがの。ええ時代はとっくに終わったちゅうに、昔の話ばあしよっての。蔵ん中には金銀財宝が詰まっとるだの、東京や大阪からようけ人を集めて、村を賑やかにしたんは、わしの力だの、誰彼のう自慢話するで、みんなから嫌われとったが。奥さんは戦争の前に死んでしもうたし、子どもらは愛想つかしたんかどうか、さっさと村から出て行きよるし、死んだるときは、一人だったねえ。村ん中で一人で死んでいくんは珍しやなのに、えっと、ほれ、今は何て言うんかのう。ようテレビのニュースになっとるやつで……」

「孤独死ですか」

「はあ、それやがね。今は珍しゅうないかもしれんけど、あのころ、兎鍋村で一人っきりで死んでいくんはめったになかったことじゃが。誰かが必ず声かけたり、出入りしたりしてたんでなあ。けど、あの爺さんは偏屈なうえに自慢しいで、怒りだしたら手が付けられんて、みんな嫌うとった。で、町の病院に入院してもだあれも見舞いに行かなんだで。そいで、一人で死んでしもうたてこっちゃ」

　病院で亡くなったのなら孤独死ではないだろう。そう思ったけれど、真緑は口をつぐんでいた。お祖母ちゃんにとって、家族や仲間や知り合いや、見知った人たち、心を許した人たち、愛して愛された人たちに囲まれての死でなければ、全て孤独死となるのだろう。

ともかく、真緑は元薪炭王の持ち家の一つに、月六千円という破格の家賃で住んでいる。

なかなか、いや、かなり快適に暮らしていた。

部屋十一（八つはまったくの未使用）、トイレ、お風呂、台所はリフォーム済み。台所の一隅には竈（これも、さすがに未使用だ。真緑など、火付けすらできない）が残り、板間には囲炉裏（ときどき、使用する。囲炉裏の炭火で焼いた肉や魚、野菜は味が濃くなってとんでもなく美味しい）が切ってあり、全室、長押、鴨居、床の間付きだ。二階の二間には、欄間まである。その豪華さは半端じゃない。鳳凰と瑞雲の透かし彫りで、真緑にすれば文化財としか思えない代物だ。借家とはいえ、自分の住む場所に当たり前のようにあるなんて、信じ難い。もっとも、そういう諸々の違和感は、日々の暮らしの内に薄れ、一年、季節が一巡りした今では〝当たり前のようにある〟ものの一つになろうとしていた。

「人って慣れるもんだね」

親友の朋絵とスマホで話しているとき、ふっと告げた。

「正直、最初は不安もあったけどね。あんまり環境が違い過ぎるからさ。戸惑うばっかりで」

「だろうね」

朋絵が相槌を打つ。見えないけれど、気配が伝わってくる。

「竈だの囲炉裏だのなんて、あたし見たこともないよ。まして、欄間？　なにそれ？って感じ。聞くだけでびびるよ」

「びびることないでしょ」

「いやあ、未知の世界は怖いわ」

「だから、慣れるの。一年経ったら、ほんと慣れちゃうよ。人間の順応力ってすごいよね」

あははと朋絵が笑った。

「人間じゃなくて、真緑がすごいのよ。つーか、そっちの暮らしが性に合ってるんでしょ。何か、楽しそうだもん」

「そうかなあ」

「楽しくないの」

「うーん、何かと苦労も多いけど……」

「でも、後悔はしてないよね」

「後悔？」

「そう、田舎の農林高校の教師になったこと、後悔してる？」

親友の問い掛けに触発されて、真緑は考える。

あたしは後悔しているか、と。

母にはしていないと言い切った。今年の正月だ。生徒たちが栽培、収穫した白菜を鍋にしてつつきながら断言したのだ。

あたしはあたしの選んだ道に後悔してないから。

あれは本音だったのか？　地方の農林高校に勤務するより、都会の名の知れた企業に勤める方が上だと信じ、口にする母への反発に過ぎなかったのか。

考える。

苦労はある。辛いこともある。

授業とは別の雑事やら、会議やらがやたら多くて忙しくて、一日が飛ぶように過ぎていく。しくじりも多くて、学年主任の豊福有希子教諭にしょっちゅう叱られる。それはそれで情けなくもあったけれど、辛くはなかった。真緑を辛くさせるのは、生徒を惹きつける授業ができない現実だ。

花卉の栽培だの、野菜の収穫だの、家畜の飼育だの、加工食品の製造販売だの、実習には目を輝かせる生徒たちが真緑の担当する国語の時間になると、視線も姿勢も思考もとろりと緩ませてしまう。生方竹哉のように堂々、かつ、豪快に鼾を立てて寝る者は他にいないけれど、午後からの授業など大半の生徒が半分瞼を閉じている。真緑の授業に意識を集中している者は数えるほどだ。二人か三人、多くて四人ぐらいだろうか。

二十五人中四人。約六分の一だ。

正直、落ち込む。

古典にしろ現代文にしろ、真緑は好きだった。数学も英語もそこそこできたけれど、国語全般は別格だ。授業の域を超えて、のめり込んでいた。高校のときの国語科の恩師が実におもしろい、実に巧みな授業をしてくれたことでさらに夢中になった。

国語という教科の中には、物語があり、詩があり、歌がある。言葉が溢れ、古の人々が現れる。想像力を掻き立てられ、別の世界に誘われる。

真緑はそう感じ、信じ、国語教師の道を選んだ。間違っていたなんて、僅かも思わない。ただ……。

力が及ばない。

眠気に負けてしまう程度の授業しかできない。

後に予備校の名物講師となった（という噂の）恩師と比べれば、力量の差を否応なく突き付けられる。

落ち込む。やはり、落ち込む。

「いやあ、そんなに悩まんでええんと違いますか」

と慰めてくれたのは、朝日山教諭だった。園芸実習を担当している。生徒たちに人気の教師の一人だ。

二限目は徒然草についての授業だったのだが、生徒たちは一向にやる気を見せず、乗り気はさらになく、真緑は途方に暮れた気分のまま終了のチャイムを聞いた。それが情けない。悔しくもある。悲しくもある。

どうしたらいいんだろう。

風の吹き通る中庭で一人、ため息を吐いていたら、朝日山が声をかけてくれた。真緑の愚痴に耳を傾けてくれた。そして、慰めてくれた。そんなに悩まなくていいと。

「朝日山先生の授業、子どもたちが喜んで受けてますから。悩むことなんてないでしょうけど……」

そんなつもりはなかったが、ついついすねた口調になる。

「そりゃあ、実習ですからねえ。楽しいんじゃないですか」

　朝日山はあっさり言い切った。

「特にこの学年は、熱心ですよねえ。園芸、栽培に対して本気で取り組んでいる子が多い。将来が楽しみです、ははは」

「はあ……」

「花や野菜を育てるのが好きなんですよ。生徒たちがみんな、自分の意思で喜多川に入学したわけやないんです。普通科に進む学力が足らんで、しかたなくなんて子もいます」

「はい」

　そのあたりの状況はわかっているつもりだ。

「『どうせ、おれたちなんか』とか『あたしたちは、とっくに落ち零れてるから』とか、けろっとした顔で言う子がたくさんおります。特に、一昨年の三年生は多かったな。入学した当初は、やる気もなくて往生しました。はは、今では懐かしい思い出ですけどね。あ、往生したってのは、困ったとか思い悩んだって意味です」

「あ、はい。朝日山先生でも思い悩まれたりするんですねえ」

「そりゃああありますよ。教師を続けてると、悩みが毎年山積みです。あれ、ぼく、そんなに能天気に見えましたか？」

「はい……じゃない。いえ、そういうわけじゃないんですけど。あの、朝日山先生って、とても自信に満ちていて、颯爽としていらっしゃるので悩みなんかとは無縁に思えて」

「翠川先生」

不意に手を摑まれた。両手で真緑の手を包み込み、朝日山は大きく何度も頷いた。

「ぼくのことをそこまで評価してくれてたんですね。ありがとう、いや、ほんとにありがとうございます」

「い、いや、いやや。あ、朝日山先生、手を手を」

「テオテオ?」

「いや、手を放してください」

「あ、これはどうも、失礼を。翠川先生の評価が嬉しくてつい。あ、でも柔らかくて可愛らしい手ですね」

「あ、はあ……どうも」

曖昧に笑ってみる。

「そうなんです。うちの子は自分に自信が持てんやつが多い。どうも、勉強できんやつは駄目だみたいな変てこな刷り込みをされて大きゅうなったみたいで。まあ、うちの生徒だけじゃないんでしょうが。ほんま、困りものです」

勉強ができない者は駄目。

学歴のない者は駄目。

収入の少ない者は駄目。

何かを生み出し、前に進んでいない者は駄目。

そんな刷り込みをされて大きくなってきたのは、生徒たちだけじゃない。真緑もそうだ。

変てこな刷り込みに縛られて、囚われてきた。完全に自由になったとは言えないけれど、身動き取れないほどがんじがらめにされているわけでもない。喜多川に赴任して、地に根を張るバラの美しさを目の当たりにした（二〇一号曰く、バラは食べるためにあるそうだが）。収穫したばかりの白菜の甘さを知った。二十五人の教え子たちと出会った。

知ること、出会うこと、見ること、聞くこと、嗅ぐこと、一つ一つが真緑を縛る変てこな刷り込みを緩めてくれた。

「あの、でも、生徒たちは、あの子たちは自分のこと卑下なんてしてません。そりゃあ、勉強とか学力の面では、進学校の生徒に負けるかもしれないけど……、えっと、あの、でも、自分たちの勝ってるとこととか優れてるとことか、ちゃんとわかってるはずです」

朝日山が口を窄め、目を細めた。端正な顔立ちがちょっと崩れる。

「翠川先生、本当にそう思うとられるんですか」

「思ってます。あたしの授業では眠そうだけど……。でも、朝日山先生の実習のときなんか生き生きした顔をしてて、そういうのを見ていると、この子たちちゃんと自信持ってるんだなって、きゃっ」

小さな悲鳴を上げていた。

朝日山がまた、手を握ってきたのだ。

「すばらしい、感動しました。翠川先生、大丈夫です」

「はい？　大丈夫って？　子どもたちが、ですか」

「あなたがですよ。翠川先生、生徒を信じるのは教師の基本の基本です。花卉栽培でいうと、土壌作りの段階です」

「は、はあ、土壌ですか」

「そうです。土壌酸度だけに限っていっても、ツツジやベゴニアは酸性、キク、バラは弱酸性、プリムラやマリーゴールドは中性、ガーベラ、スイートピーなんかはアルカリ性が適しているんですよ。そこを間違えてしまうと、うまく育たないし、せっかくの花を咲かすことができなくなる。だから土壌作りは大切な上にも大切なものなんです」

「で、ですよね。あの、朝日山先生、手を放していただきたいと」

「教師も土と同じなんです」

朝日山の指に力がこもる。真緑の手をしっかり握ったまま、上下に振る。遠くからだと、二人して、幼稚園児並みのお遊戯をしているように見えるのではないか。

こんなところを豊福先生か二〇一号に見つかったら……。

学年主任と飼育豚を一緒にするのもどうかと思うが、どうしても二人、いや一人と一頭の顔が過って（よぎって）しまう。と、同時に朝日山の一言に心が引っ張られた。

「土と同じって、どういう意味です」

手を振られながら、尋ねる。

「まんまです。教師は生徒にとって最適の土でなければならんのです。とはいえ、生徒たちは百人百様。プリムラもバラもスイートピーもおりますが。それぞれの花を咲かせるわけです」

「は、はい」

二年二組の生徒たち一人一人を思い浮かべる。

みんな花か。

あたしの教室は百花繚乱、花が咲き乱れているのだ。

「どんな花にも最適の土壌ってのはありません。けど、良い土ってのは草花を、草花だけやのうて野菜や果樹を育てます。ぼくら教師はその土ですが。合う合わないはあるにしても、精一杯、花を咲かせる土にならんとあきません。翠川先生は、りっぱな土になれます」

「えっ、そ、そうでしょうか」

「そうです。生徒を信じれるっちゅうのは、ええ土の証ですが」

朝日山は方言になっていた。本気なのだ。

嬉しい。

「朝日山先生、ありがとうございます」

「こっちこそ、翠川先生、お互い頑張りましょうな」

「はい」

手を握り合う。朝日山の手のひらの温もりが伝わってくる。

「何をどう、頑張るのかしらねえ」

冷ややかな声がした。

振り向く。朝日山が「どひゃ」というような奇妙な声を発し、後退りした。一瞬だが、真緑の手だけが空に取り残された。

豊福有希子が立っていた。ご丁寧に、その後ろに二〇一号までいる。もごもご口を動かして何かを食べているが、真緑の眼には冷笑を浮かべているとしか映らない。

「翠川先生、朝日山先生」

「はい」

「は、はい」

朝日山が直立の姿勢をとる。

「頑張るのは、結構。お互いを励まし合うのも結構。けどね、それだけでは教師は勤まりませんよ」

「はい」

と、真緑が答えると、朝日山はこくこくと何度も首を前に倒した。

「重々、わかっております」

「ふん。どこまでわかっておるやら。それにね、頑張るのに一々手を握り合う必要もないの」

「はは、いやあ、これは一種のセレモニーみたいなもんでして」

「ふふん、ふん。若い女性とみれば、見境なく手を握りまくるのがセレモニーねえ」

「い、いや、いやいやいや。そんな、見境なくなんて、それは豊福先生の誤解で、ぼくはぼくなりのやり方で感動を表現しようとしただけなんですが……」

朝日山を完全に無視して、豊福は腕時計を突き出した。

「ほら、今、何時やと思うとるの。あと二分で三時限目が始まります。生徒たちが待っとるのよ。さっさと教室なり実習畑なりに戻りなさい」

「はいっ」

「はい、はい」

「朝日山先生、返事は一回」

「はい！　失礼します」

まさに脱兎のごとく、朝日山が走り去る。

「まったく、逃げ足だけは速いんやから。翠川先生」

「は、はい」

「三時限目は授業、ないんやね」

「はい。空いてます」

「そういう時間を利用して、教材研究をしなさい。チャラ男なんかに相談するより、ずっと有効です」

「はい。あ、でも」

「何です」

「朝日山先生、教師を土に譬えて、励ましてくれました。ちょっと胸に染みました」

「そう。あの男、言うてることは間違いないの。やってることがチャラいだけでね。教師としての力量はあるでしょうよ。でもね」

　背の低い豊福が斜め下から、見上げてくる。

「授業中はだあれも助けてはくれんからね。一人で踏ん張れるような教師やないと、生徒はついてきてくれません。あの子ら、そりゃあちゃんと教師を見とるんやからね。そのことだけは、しっかり頭に入れておきなさいよ」

　豊福の鼻の穴が膨らむ。

　息が吐き出される。

「ついでやから言わせてもらうけど、生徒を信じるのもええけど、信じ切ったら何にも見えんようなるよ。信じるて言うた方が楽やけど、あえて、疑わなあかんときもあります。楽な方に楽な方に流れてたら、生徒の本当の姿なんて見えんようなるよ」

　もう一度、鼻から息を吐き出し、豊福は踵を返した。大股で校舎の陰に消えていく。

　ムフフフフ。

二〇一号が笑った。

ばっさりとやられたじゃないか。グリーン・グリーン。

「ほっといてよ。どうしてあんたって、そう人の気持ちを逆なでするの。それにね、気安く、渾名で呼ばないで」

おやまっ、こっちに八つ当たりかい。おまえさん、ほんとに人間ができてないねえ。つきあってられないよ。

丸くて大きな尻を向けると、二〇一号はとっとっとっとっと、軽やかなステップを踏みながら、これもまた校舎の陰に見えなくなった。

真緑は一人残される。

そうだ、あたし、二〇一号に八つ当たりした。豊福先生の一言一言が胸に刺さって、どうしていいかわからなくて、八つ当たりした。

洟をすすりあげる。

ちょっとだけだが、涙が滲んだ。

「辛いことは……けっこうあるね」

中庭でのやりとりを思い出しながら、朋絵に告げる。朋絵が「お互いにね」と答えた。掠れたような小声だった。

「朋絵も、いろいろあるんだ」

「あるよ。局アナの世界もいろいろとさ」

「あたしには、想像もできないけど、どこにも苦労は転がっているってことか」

「だね。ね、真緑」

「うん？」

「あたしたち、もう学生には戻れないんだ」

「うん」

「それぞれ、やるっきゃないよね」

「そ、踏ん張るしかない」

一人で踏ん張れる教師になるしかない。

「真緑、ガンバ」

「朋絵もファイト」

「おしっ、気合が入ったぞ」

「あたしも、朋絵のおかげでしゃんとした」

「甲子園の応援団みたいだね。エールを送り送られってか」

「うん。高校球児の気分で頑張るよ。目指せ、真紅の優勝旗」

朋絵が朗らかに笑う。

気持ちの良い声だ。この声、この笑いにずい分、助けられてきた。

親友に同僚に生徒たちに、助けられている。でも、一人で踏ん張るのだ。誰にも寄りかからずに教壇に立つのだ。

スマホを握りしめながら、決意する。

スマホを握りしめながら、決意した……はずだったのに。

あたし、最低。

教壇に立つどころではない。ひっくり返ってしまった。

最低、最悪。あまりのみっともなさに、涙も出ない。

「先生、ご飯やで。どないしたん？　さっきから何度も呼んどるのに。今日は、みんなで鍋するんでしょ。もう、用意できとるから、早う降りてきて」

いつもは耳に優しい真弓さんの物言いが、頭にがんがん響く。

「先生？　おられるんでしょうが」

階段を上ってくる足音がした後、障子戸が開く。真弓さんの小さな丸顔がひょいと覗く。

都会ではありえない。

こんな風に無遠慮に他人の部屋を覗くなんて、ありえない。部屋の戸が鍵のかからない障子だなんて、さらにありえない。

兎鍋村に住み始めた当初、この人と人との近さ、間合いの短さに当惑したものだ。これを田舎の温もりと心地よく感じるのか、プライバシーを尊重できないのかと怒るのか、人それぞれだろう。真緑は多少迷惑に思いながらも、藤内家の人々や、周りの人たちのあっけらかんとした明るさが好きで、藤内のお祖母ちゃんが振る舞ってくれる郷土料理がすばらしく美味しくて、一週間に一、二度は夕食を一緒させてもらっている。

「先生、どうかしなはったん」

「いえ、別に……」

部屋の隅で膝を抱えていた真緑は、ため息を一つ、零した。

「具合でも悪いん?」

「ええ、ちょっと……」

「顔色が悪いけど、大丈夫なん?」

「ええ、まあ……」

放っておいて欲しい。このまま、そっとしておいて欲しい。構わないで欲しい。

「夕食、食べられる？　どんど鍋なんやけど」

「どんど鍋？」

「うん。兎鍋に昔から伝わってる、まあ、郷土料理の一つやね。季節の野菜と肉を味噌の出汁で柔らかく煮て、好みでさらに桜味噌やら山椒味噌やらを混ぜて食べるの。先生、味噌鍋好きって、前に言うてたでしょ。口に合うと思うんやけど」

「お、美味しそうですね」

生唾（なまつば）が湧いてくる。

こんなに落ち込んでいるのに食欲があるなんて、我ながら逞しくなったというか、図太くなったというか。

「あつあつの内に食べるんがミソ。あっ、これダジャレになってしもうたわ」

きゃはっと、真弓さんは高校生のような笑い方をした。

「春キャベツのサラダや若竹煮もあるで」

「あ、頂きます」

お腹の虫がキュルリと控え目に鳴いた。

「よかった。ほな、降りてきてな」

「はい、すぐに行きま」

クエッーッ、コココーッ。

「す」まで言い切れなかった。浮かしかけた腰が途中で止まる。

「……今のは」

「え？」

「今の声、もしかして……鶏の……」

「そう、鶏。今、うちのが潰しとるとこやね」

「つ、潰すというのは、つまり、鶏を解体するというやつで……」

「解体なんて小難しい言葉は使わんけどねえ」

真弓さんがまた笑った。真緑の頬は強張ったまま一ミリも動かない。ここでも鶏だ。

「昔は、どんど鍋には兎や猪の肉を入れてたんやけど、鶏の方があっさりして美味しいんよ。で、うちの人が絞めようとしてんだけど、元気のええのが逃げ回ってるみたいやね」

クエーッ。

一際、高い声が響いた後、外はしんと静まった。

頸骨を折って、喉から血抜きをして、羽をきれいに毟り取って……。駄目だ。覚えていない。失神したのだから、記憶がなくて当たり前だ。

真緑は失神してしまった。

意を決して、鶏の首にナイフを突き立てたまではよかったが、力余って首を全部、切り落としてしまった。血の色が目の前に広がる。腥い血の臭いが鼻孔に流れ込む。

「きゃっ、この鶏、動いたで」

背後で女子生徒が叫んだ。

「いや、気色悪ぅ。まだ死んでないん」

「そんなことないわ。首、ぶらぶらしとるもん」

「あー、静かに。そういうこともある。筋肉の反射運動で」

平崎の声が遠ざかる。

周りが闇に閉ざされていく。

「先生!」

意識が途切れる直前、健斗の呼び声を聞いた。むろん、返事などできない。闇が覆いかぶさってくる。

目が覚めたのは、ベッドの上だった。

二　新米教師、さらに奮闘する

真緑はうつむいたまま、こくりと首を倒した。

「はい……」

藤内さんが、体軀（たいく）にそぐわない小声で言った。

「そうか、気絶しちまったのか」

三十分前。

真弓さんに引っ張られるようにして、真緑は藤内家の庭（真緑の借家と地続き、徒歩二分だ）での〝花見とどんど鍋を楽しむ会〟に加わった。

目の前の長テーブルには卓上コンロがあり、その上で土鍋が湯気をあげている。味噌の芳（かぐわ）しい匂いが漂い、夜気がここだけほんわりと温もっていた。

夏に向かう季節とはいえ、兎鍋村の夜はまだ肌寒いのだ。五月末までは、霜の被害を警戒しなければならないほどだ。今年は特に寒気が強く、かつ居座り続け、春の訪れが遅れた。普段なら、四月半ばには満開を迎えるはずの桜がまだ八分咲きだ。

「桜の、一等、きれいなんは八分のころやで。木の下で鍋もできっとうよ。花弁が散り始めたら、鍋ん中に入って厄介だけね。花見するんなら、今やね」

藤内のおばあちゃんの一言で、今日の花見が決まったらしい。

藤内家の敷地にある一本桜（これも、一代で財を築くも没落し、晩年は偏屈な爺さんとなり、孤独に亡くなったというかの……真緑は名前も知らない男性が植えたものらしい）の下に、長テーブルを出し、どんど鍋、春キャベツ（さっき、採りたて）のサラダ大盛り、若竹（今朝、掘りたて）の煮物大盛り、お握りの山が幾つも並ぶ。近所の誰それやら、農協婦人部の誰それやら、青年団の誰それやら、兎鍋村の農業を考える会の誰それやら、つごう二十人ばかりが集まり、けっこう賑やかだ。人が集まるにつれ、秘伝の小魚の甘露煮だの、自慢の野菜のピクルスだの、自信作の山菜の煮物だのが持ち寄られて、テーブル上もどんどん賑やかになる。

日が陰ると、風がすとんと熱を失う。真冬の凍てつきはないが、春風と呼ぶには冷えすぎた風だ。だから、余計に温かな鍋が美味しい。味噌の風味が具材に染みて、美味しい。味醂と酒を入れて甘味を出しているとかで、さっぱりしたサラダや漬物との相性も抜群で美味しい。生姜の隠し味も利いていて美味しい。温かくて美味しい。食物繊維も栄養価も高くて美味しい。とにかく、美味しい。文句なく美味しい。けれど……。

「先生、どうかしましたかね」

藤内さんが問うてきた。

「え？」

「いや、何かさっきから物思いに沈んでるちゅうか、暗いちゅうか、鍋の白菜と椎茸と葱しか食ってないというか。先生、ベジタリアンじゃなかったですなあ」

「あ、違います」

「肉や魚、食いますよな」

「食べます。むしろ、好物です」

「味噌鍋も好きっちゅうて聞いとりますが」

「大好きです。豆乳鍋も、水炊きも、寄せ鍋も、しゃぶしゃぶも、おでんも、ちゃんこも、鍋物は並べて好きです」

「それ、ダジャレですか」

「はい？」

「いや、鍋物がナベて好きっちゅうて、ダジャレかと思うて」

「あ……いえいえ、この場合の並べては、おしなべてとか全般にとか、副詞的に使用する並べてです。つまり、鍋物はどれでも好きだという意味で使いました」

「あぁ。副詞的にねえ……。はは、そうよなあ。先生、ダジャレなんか言うタイプやないもんなあ」

分厚い胸を反らし、藤内さんが笑う。

それって、あたしが面白みのない人間だって意味？

屈託なく笑う藤内さんから視線を逸らし、真緑はかぶりを振った。

違う、違う。藤内さんはそんなこと一言も言ってない。あたし、ちょっと被害者意識が過剰になってる。これは、自信喪失の兆しだ。

真緑は胸の内でこぶしを握った。

駄目だぞ、真緑。

踏ん張れ、真緑。

こんなことでへこたれるな。

やはり胸の内で、自分を鼓舞する。

「まあ、鍋好きならよかった、よかった。どんど鍋は野菜もええけど、やっぱり味のさらっと染みた鶏肉が一等美味いんですが」

藤内さんは身体をちょっとばかり曲げて、鍋の中に箸を伸ばした。

「さっ、先生、食うてみてや」

藤内さんの箸の先には鶏のぶつ切り肉が挟まれていた。まさに、ぶった切られたという形状だ。肉の部分が縮んだのか、骨がわずかばかり露出している。妙に白い色だ。

「おれがさっき潰した鶏だでな。はは、ほんまにさっきまで、そこら辺でコッココッコ鳴いてたやつだ。美味いぞ。ほら、しっかり食べたらええで」

ころん。

ぶつ切り肉が真緑の持つ小鉢に入ってくる。

湯気をたてている。ぷつぷつした皮がついている。味噌出汁が染み込んで、甘い匂いがする。

クエッ。

断末魔の鶏の声を聞いた。手のひらにナイフの感触がよみがえる。血の臭い。床にぶちまけてしまったバケツの中身。ぶらんと揺れていた首と赤い鶏冠。

あ、駄目だ。また、気分が……。

瀬戸物の砕ける音がした。「あらまっ」と、誰かの声もした。

真緑の足元で小鉢が無数の欠片になっている。手から滑り落ちたのだ。ぶつ切り肉は当たり前だが砕けることもなく、やはり〝ころん〟という感じで地面に転がっている。

「あ、ごめんなさい。すみません」

真緑はしゃがみ込み、欠片を拾おうとした。それを、藤内さんが止める。

「ええよ、ええよ。指でも切ったら大事じゃ。おれが片付けるで」

言うより早く、欠片とぶつ切り肉を集め始めた。実に、手際がいい。ものの数秒できれいに片付いた。

「すみません……」

「ええよ。そんな、謝ってもらうようなことじゃなかろうし」

発泡酒の缶を持って、藤内さんが笑う。

「先生、もしかして鶏肉が苦手だった？　だとしたら、悪いことしたんかなあ。無理強いしたみたいになってしもうてな。ごめんよ」

「いえ……」

謝らないでください。悪いのも、弱いのもあたしです。あたし、教師なのに、喜多川の、農林高校の教師なのに、に、鶏の解体ぐらいで気を失うなんて……な、情けない。情けなさ過ぎて……。

視界がもわっとぼやけてくる。目の縁がじんわりと熱くなる。

「あ、あ、先生」

ぼやけた視界の中で、藤内さんが手を振っている。

「な、泣かんでください。おれ、そんな泣かしちまうようなこと、言うたかな」

「真緑先生、どうしたんよ。大丈夫？　ちょっと、真緑先生に何を言うたの」

ぼやけた真弓さんがぼやけた藤内さんの腕を叩いている。

「違うんです。違うんです。あたしが……、鶏で気絶したんです」

涙が溢れた。

両手で顔を覆う。身体の震えが止められない。

「へ？　鶏で気絶？」

藤内夫婦の声が重なった。

喉の奥から嗚咽（おえつ）が込み上げてくる。

目が覚めたのは、ベッドの上だった。

白い天井が見えた。

白くて、そっけない。

消毒薬の匂いが鼻の奥に染みた。

「あ、気が付きましたか。翠川先生」

細長く、色黒の顔が目の前に現れる。

「……須川先生」

「はい、スガワです。保健室にようこそ。わたくし、喜多農の健康を守って、はや十年、養護教諭の須川凜子(りんこ)でぇす。今年で五十一歳、立派なアラフィフになりました」

妙な節回しで自己紹介しながら、須川凜子はひらひらと指を動かした。五十一歳と本人は言ったけれど、とてもそうは見えない。長身で引き締まった抜群のスタイルに、栗色に染めたショートカット、白衣の下のスカートは膝上十五センチだ。そこから、すらりと長い脚がのぞく。化粧気はまったくないが、地黒だと本人の言う肌には艶(つや)があり、皺(しわ)も染みも見当たらない。

さるロックバンドの熱烈なファンだとかで、毎朝、自家用車の中で8ビートのリズムを響かせ通勤してくる。その自家用車が真っ赤な軽だというのはロックっぽいというか、ぽくないというか、真緑には判断つきかねた。

須川の車よりも、さらに判断つきかねるのは、豊福との関係だ。

茶髪、ミニスカート、ロック好き、かつ、ノリのいい性格とくれば、喜多川農林高校二年生主任豊福有希子とは犬猿の仲、とまでは言わないが、反りが合わなくて当然という気がする。しかし、事実は小説より奇なり、だ。

豊福と須川は、意外なほど仲がいい。一緒に旅行までしているらしい。驚きだ。犬と猿、水と油、牛蒡と大根ぐらいの違いはあるのに、豊福の気性からいって、須川凜子の年齢のわりにちょっと弾けた雰囲気を許容できるとは思えないのに、仲がいいのだ。

「ユッキー、この前の京都旅行の写真できたで」

「あら、見せて、見せて。やだ、リンちゃん、細い～」

「ユッキーこそ、グラマラス。やだ、羨ましいが」

「なぁ、今度はどこに行こか」

「そうなあ。思い切ってハワイとかプーケットとかにする？」

「きゃっ、ええねえ」

薄闇の溜まり始めた廊下で、二人のやりとりを偶然、耳にした。アラフィフ教師たちの会話とは思えず、とっさに生徒たちが騒いでいるのかと思った。もうちょっとで、「早く帰りなさい」と注意するところだった。注意しなかったのは、真緑より先に西階段を下りてきた朝日山が、「こらあ、下校時間はとっくに過ぎとるぞ。こんなところできゃあきゃあ言うとらんで、早う帰れ」と声をかけたからだ。

「は？」

豊福の鼻息と朝日山の「ええ？　うっ、うわっ、し、失礼しました」という慌てふためいた声と、なぜか高らかな須川の笑声に背を向けて、真緑はそそくさとその場を立ち去った。

「あたし……どうしたんでしょうか」

須川に尋ねる。頭の芯がまだ、ぼうっとしていた。

「倒れたのよ」

あっさりとした答えが返ってくる。

「倒れた？」

「そう、鶏の解体の授業中にどてっと」

須川が転ぶ真似をする。

倒れた？　どてっと？

「ああっ！」

上半身を起こしていた。勢いが良すぎたのか、脳がまだはっきり目覚めていなかったのか、目眩がした。

　まわりの風景がくらっと揺れて、真緑はまた、ベッドに倒れ込む。

「あらあら、駄目やで。無茶したらいけんわ。はい、翠川先生、深呼吸して」

「はい？」

「し・ん・こ・きゅ・う。深ーく息を吐いて、吸って……じゃないな。先に吐いたりしたらよけいにしんどくなるわ。はい、深ーく、吸って、吐いて。吸って、吐いて」

　息を深く吸って、吐く。吸って、吐く。

「はい。じゃあ、ゆっくり起き上がって、ぐるうっと視線を巡らしてみて。はい、よろしい。それから、首もぐるうっと回す。どう？　何ともない？」

「ありません」

「頭痛とか吐き気は？」

「ありません」

「はい、けっこうです。じゃ、翠川先生、どうして自分が保健室のベッドに寝ているか三十秒以内で答えてください。はい、いくよ」

「は？　え？　あの須川先生」

「はい、どうぞ。一、二、三、スタート」

「え、あの、えっと、ですから、平崎先生の授業中に、あの、に、鶏の解体の授業で……それで、く、首の、いや、頸動脈を切って血抜きする作業の途中で、目の前が暗くなって、何にもわからなくなって……気が付いたら、ここに寝てました」

「はい、きっかり三十秒。よろしい、事態は呑み込めてます。記憶障害なし。ちょっともたつくけど、言語障害なし。まあ一時的なショックによる失神やね。問題ないでしょう」

「一時的なショック……」

「そうそう、つまり、鶏をさばくのって、翠川先生には衝撃的過ぎたんよね。わたしはそう思うけど。まあ、また気を失ったり、体調が崩れたりするようなら、病院で検査してもらった方がええかもしれんけど、たぶん、大事ないで」

「はあ……あの、先生、授業はどうなったでしょうか」

「平崎先生の授業? そのまま続いたみたいやで。生徒たち、百羽近く解体したのとちがう」

百羽。生徒たちが手際よく、鶏を解体していく様が浮かぶ。

「ああ、二組の生徒たちが心配してたで。生方くんなんか、おろおろしちゃって……ああ、先生をおんぶしてここまで運んできたの彼だからね」

そこで須川は、あははあはと軽やかに笑った。

「生方くんたら、泣きそうな顔してたで。『グリーン・グリーン、まさか死んだりせえへんよね』て。あははは。さっ、教室に帰って、生徒を安心させたって。あの子たち、さっきまで外の廊下をうろうろしてたんよ。教室に戻って授業を受けろって怒鳴ったら、しぶしぶ引き上げたんやけどね」

ぽんと背中を叩かれ、真緑はベッドから降り立った。

「翠川先生」

保健室のドアを開けたところで、呼び止められた。

「生徒が心配してくれるなんて、教師冥利に尽きるやないの」

須川が指二本を立てて、Vサインを作った。

あ、須川先生、励ましてくれたんだ。

そう気が付いたのは、廊下に出て数歩歩いたときだった。

須川の心遣いはありがたい。

ありがたいけど、余計に落ち込む。

生徒を心配するんじゃなくて、生徒に心配されるってどうよ、真緑。教師として、どうなの。

自分で自分を叱咤する。

生徒の前でひっくり返ったなんて。生徒にも平崎先生にも、迷惑をかけてしまって……。自分から希望して参加したというのに……。わかってたじゃない、真緑。鶏の解体の授業だって、わかって参加したんじゃない。それなのに……。

ともかく、わたしはちゃんと鶏をさばけますからね。あんたより上よね。

母の一言がよみがえる。

言われたときは、(まったく娘にまで張り合うんだから、困った親だよ)と肩を竦めたりもしたけれど、今は、まったくだと頷くしかない。

まったくだ、母さんはあたしより、よっぽど上だ。

窓から外を見る。

中庭で二〇一号が草を食んでいた。また、豚舎を脱走したらしい。声をかけようと思ったが、止めた。今、あの独特の皮肉をぶつけられたら、さらに気が滅入る。

そのとき、二〇一号の傍を女子生徒が一人通った。その生徒は足を止め、二〇一号の頭を軽くなでた。なでるというより、掻いているようだ。二〇一号は草をくわえたまま、目を細めている。いかにも心地よさそうな顔つきになっていた。

「峰山さん?」

二年二組の生徒峰山佐和子だった。色白でややぽっちゃりした体軀で、とてもおとなしい少女だ。そういえば、一年生の終業式の日、二組全員で記念撮影をした。どうしてだか二〇一号もいて、佐和子はその横で写真に納まっていたはずだ。

あの二人、じゃない一人と一頭、仲が良いのかな。ふっと思う。二〇一号の穏やかな横顔を見ていると別人、いや別豚のように思えた。真緑には決して見せない表情だ。なぜだか、落ち込む。

真緑は肩を落とし、ため息を一つ吐いた。

「そうか、気絶しちまったのか」

藤内さんが小声で言う。

「はい……」

「そりゃあ、真緑先生、都会育ちだもん。鶏なんて潰したことないでしょ。気分が悪うなるの、当たり前じゃわ」

真弓さんが慰めてくれる。

「当たり前じゃ駄目だと思います。教師なんだから、もうちょっとしっかりしなくちゃいけないんです」

「真緑先生、考え過ぎだって。考え過ぎで、真面目過ぎ。そんなことで一々落ち込んでたら、農林高校の先生なんかやっとられんでしょ。ほら、顔上げて。人間だもの、失敗や間違いするの仕方ないが。まあ、鶏を潰そうとして気絶したっちゅうの、真緑先生らしゅうて笑えるけど、あはは」

「おいっ」

藤内さんが真弓さんを肘で突っつく。真弓さんが両手で口を押さえた。

「先生、慣れです」

藤内さんがきっぱりと言い切った。

「慣れ、ですか」

「そう、何でも慣れることです。おれたちにとって鶏を潰すんは、暮らしの一部みたいなもんで、気持ち悪いとかかわいそうとか、そんな感情はわいちゃきません」

「あたし……、慣れることできるでしょうか」

藤内さんが太い首を傾げる。

「そりゃあ、できるでしょう。けど、慣れる必要なんてないと思います。先生は国語を教えとられるんじゃから、鶏を潰せんでも困りゃせんでしょう」

「それはそうですが、でも……」

「だから真面目に考え過ぎなんだって。真緑先生、考え過ぎるから窮屈になるんやないの。ほら、遊び、自動車のハンドルだって人間だって遊びが必要。もっと、ええかげんになって、桜みたいにぱあっと大らかにいかんと」

真弓さんが両手を広げる。真弓さんも少し酔っているようだ。頬が夜桜のようにほんのり色づいている。

確かにそうかもしれない。

と、真緑は思う。

あたしは真面目過ぎて、何でも杓子定規に考えて、遊びがなくて、良くも悪くもいいかげんなことができなくて……ああ息が詰まる。

真緑は喉を押さえた。奥の方で息が閊えているみたいだ。こほこほと、咳き込んでしまう。

「嫌いにならんでくださいよ」

藤内さんが呟いた。

「え、嫌いって？」

「鶏肉のことです。今日のことがきっかけで、鶏肉が食べられんようになったなんて言わんでもらいたいんです。それじゃあ、鶏が哀れな気がするんで」

藤内さんは大きな身体を縮め、小さな息を吐き出した。

「鶏を潰すときはかわいそうなんて、ちっとも思わんけど、おれたちのために肉になってくれて、それで嫌いだなんて言われるのは、ちっと哀れに思えます」

「あ、はい」

さっき地面に転がった肉を藤内さんは拾い上げ、土を払っていた。

鶏は家禽だ。潰して肉にすることに抵抗はない。哀れみなど覚えない。だからこそ、粗末に扱いたくはないのだ。

藤内さんはそう言っている。

「しっかり食べてくれたら嬉しいです。鶏肉は高蛋白低カロリー、味が淡白な分、どんな料理にもよく合いますで」

「きゃはっ」

真弓さんが頓狂な笑い方をする。

「やだぁ、恵ちゃん、鶏肉屋のおじさんみたいになっとる。鶏肉推進月間キャンペーン中みたいやな。あははは」

真弓さんは、藤内さんのことを恵ちゃんと呼ぶ。「恵太さん」とか「お父さん」とか呼ばない。その口調は、二歳の息子に「拓ちゃん」と声をかけるときと同じだ。

優しくて、柔らかくて、心地よい。

「おい、かなり酔うとるな。どれくらい飲んだんや」

藤内さんが眉を顰め、真弓さんがまた、きゃははははと笑う。明るくて、ぽんぽん弾む声だ。

「まあ、騒がしいこっちゃな」

横合いから、ぼそっと重い声がした。

首を横に向ける。

赤紫の帽子が見えた。毛糸でざっくり編んだ防寒用の物だ。その帽子の下に、切れ長の黒い眼がある。二度見するほど形のいい、きれいな眼だ。ただし、周りには深い皺が何本も刻まれていた。

「あれ、イケハタのおばあちゃん」

真弓さんが一瞬だが、口元を引き締めた。

「ごめん。来とられたん。気が付かんかったわ」

口吻に僅かだが媚が混ざる。

真緑は足を動かし、イケハタのおばあちゃんと呼ばれた相手に身体を向けた。同時に、その相手がすっと背筋を伸ばす。

背が高かった。

一六二センチの真緑とほぼ同じくらいだ。真緑の年代では一六二センチはさほど目立つ身長ではない。けれど、この老女の年（おそらく七十代？）にしては、かなり大きい方ではないか。

背が高い。そして、姿勢がいい。曲がりも緩みもなく、真っ直ぐに地に立っている。そんな感じだ。

「来たら悪かったか」

老女が真弓さんを睨んだ。妙に低い声音だった。

「悪いなんてとんでもない。花見やもん。みんなで騒ぐ方がおもしろいに決まっとるやん」

真弓さんは、明らかな愛想笑いを浮かべている。その笑顔を真緑に向けてさらに笑んだ。

「真緑先生、こちらイケハタのおばあちゃん。あ、イケハタって苗字やないの。苗字はうちと同じ藤内なんよ」

「はあ……え？」

「兎鍋村は藤内姓が多いけね」

「あ、そうですか」

確かに兎鍋村には藤内さんが多い。だから、〝東外れの藤内さん〟とか〝二本松の藤内さん〟とか呼んで区別している。イケハタさんは池の端に住んでいるという意味になるのか。

「こちらは、うちに下宿しておられる翠川真緑先生。兎鍋に来てから、もう一年になるでおばあちゃんも知っとられよう」

「知らんね」

イケハタのおばあちゃんは、ふんと鼻を鳴らした。

「一年経っても、一度も挨拶に来なさらんとやけんね。うちは知らんよ。今、初めて会うた」

一瞬、真弓さんの笑顔が固まった。藤内さんも固まった。右手に箸を持ったまま、立ち竦んでいる。

「あ、あら……あらま、ほほほ。まだ、おばあちゃんのとこに挨拶行かれてなかったっけ？　まあ、ごめんなさいよ」

真弓さんの口の端がひくつく。藤内さんは何故だか、天を仰いだ。

「あ、あの……あたし、何か失礼をしましたか」

おそるおそる尋ねる。場の空気がどんと重くなる。

「あんたは余所者(よそもの)じゃからね」

イケハタのおばあちゃんは、横目で真緑を見やった。視線の尖(とが)り具合が半端ではない。失礼どころか、知らないうちにたいへんな迷惑をかけていたのではと背筋が寒くなる。それくらいの尖り具合だった。突き刺さってくる。

「土地の者じゃねえから、村のやり方ちゅうのを知らんでもしかたない。けど、知らん者には教えてやらんとね。店子(たなこ)にものを教えるんは、大家の仕事やないかねえ。そこらへんが、足らんよな、あんたらは」

鋭い視線が藤内夫婦をすっと撫(な)でる。

「どこそこに挨拶に回れって、そんくらいのこと教えてやらんと、店子が困るんやないの。ほんま足らん。抜けすぎとるわ」

真弓さんの表情が強張る。

「おばあちゃん、足らん足らんて言わんといて。しょうがないが、おばあちゃん、去年は末まで入院しとったんでしょ。家は留守になっとるし、挨拶したくてもしようがないが。挨拶状とお土産はちゃんと郵便受けに入れといたはずじゃで」

「病院からは年明けには帰っとった。それから、何カ月、経っとると思うてるね」

「知らんわ、そんなん。うちらも真緑先生も忙しいんよ。いちいち気にしとる暇なんてないわ。留守でも何でも訪ねたんやから、ええじゃないの」

「なんやと。なんちゅう言い草や。本家の嫁やと思うて大けな顔するんやないで」

「分家のくせに、えらっそうに言わんといて」

真弓さんとイケハタのおばあちゃんが睨み合う。

「あ、あの、あの、す、すみません。あの、ちょっと二人とも、れ、冷静になってください。あの……」

真緑の言葉など素通りするのか、二人は睨み合ったままだ。

まさか、この時代に、本家だ、分家だの単語が飛び交うとは思ってもなかった。挨拶に来た、来なかったが文句の因になるとも思っていなかった。余所者だの土地の者だのなんて露骨に区別する人がいるなんてさらに思っていなかった。

昭和の時代にタイムスリップした感がある。

「あぁ、おばあちゃん」

藤内さんが、やけにのんびりした調子で口を挟んできた。

「もう知っとるかもしれんけど、真緑先生は喜多川農林で国語を教えてなはる。まあ、言うならば、おばあちゃんの後輩ってことやね」

「は？」

何のこと？

真緑は、眼差しで藤内さんに問いかける。

藤内さんは、うんうんと二度、頷いた。

「そうなんよ。おばあちゃんは、その昔、喜多川農林の先生、やっとらした。真緑先生と同じなんよな」

「えっ」

思わず、長身の老女を見詰めてしまった。見詰められたイケハタのおばあちゃんが、ぷいと横を向く。

どんど鍋の甘い匂いが風と一緒に、流れていった。

三　新米教師、ちょっと挫ける

「……何かねえ、そういうわけなのよ」

真緑は息を吐き出した。

ほうっと音がした。そんなに強く吐き出したのかと、自分で驚く。このところ、ため息がだんだん長く深くなっているようだ。気を付けなければ。ため息を吐いて、それでどうにかなるほど現実は甘くない。現実は甘くない。優しくない。だから性根を入れて立ち向かわねばならない。

真緑は背筋を伸ばし、腹筋に力を込めた。

誰にも内緒だが、この春、一月ほど前から体幹トレーニングを始めた。兎鍋村はもちろん喜多川にもジムなどと洒落たものはない。あったとしても、通う時間も気持ちもない。ただ、美容室で何気なくめくっていた雑誌に、〝体幹を鍛えれば、精神も夕フになる。肉体と心はつながっているのです〟という記事と〝自宅で手軽にできる体幹トレーニング法〟の図説が載っていたのだ。ちなみに、喜多川町の駅前に建つ美容室は、真弓さんから紹介された。幼稚園のときからの友人の店だとか。

友人の名前は佐伯麻衣子（さえきまいこ）。店はそのまま『ビューティーサロン　ＭＡＩ』と名がついていた。

「麻衣子って、昔から手先が器用で、美的センスが抜群で、人当たりがよくて、でも、ものすごく気が強くて他人に負けるのが大嫌いな性格だったんよ。じゃから、美容師にはぴったりじゃわな。評判、けっこうええんよ。真緑先生、ぜひ、行ってみてな」

と、紹介された。手先の器用さや美的センスは納得できるとして、気の強さや負けず嫌いの性質が美容師向きなのかどうか、真緑としては首を傾げたくなる。

ただ、美容専門学校を卒業した後、神戸で十年修業した麻衣子さんの技術は、それが経験なのか生来の才能に因（よ）るものなのかわからないが嬉しくなるほど確かなもので、真緑の細くて癖の出やすい髪をきれいにカットして、整えてくれた。料金も手ごろだし、店の雰囲気もお洒落なわりに、派手さはなく、真緑は大いに気に入っていた。なるほどこれなら評判はいいだろうなと、腑（ふ）に落ちる。

「先生、うちに来る度に綺麗（きれい）になっとるんやない？」

「え、それは佐伯さんの腕がいいって意味ですか」

「やだぁ、そんなに露骨に言わんといて。あはははは」

身長は真緑とそう変わらないけれど、幅はゆうに一・五倍はある麻衣子さんが豪快に笑う。そして、その笑い方が妙に似合っている。真弓さんにしろ麻衣子さんにしろ、須川教諭にしろ、真緑の周りには豪快で屈託のない笑いがぴたりと決まる女性が多い。豊福はまた別格で、笑わなくても豪快なのだが。

正直、羨ましい。

みんな逞しくて、幹も根も太いのだと思う。多少の嵐には折れないし、負けない。あはははははと笑い飛ばしてしまう。

羨ましい。まったくもって、羨ましい。

それに引き換えわが身はと、考え込む。

体形が華奢なのはしかたない。生まれつき太れない質（たち）なのだ。それでも、喜多川農林に赴任して、兎鍋村に住むようになって少しは体重が増えた。そのおかげなのか、ずっと纏（まと）いついていた冷え性や便秘が大幅に改善されたのだ。夜、布団に入って指先が仄（ほの）かに温かいことが、毎日、ちゃんと便通のあることが、こんなにも心地よいのだと思い知った。幸せすら感じる。

それでもやはり、もっと逞しく、強くなりたい。豪快な笑いが似合うレベルまでは無理でも、ちょっとやそっとでは挫けない程度の強靭さは手に入れたい。嵐に堂々と立ち向かえなくても、風に折れないしなやかさは身に付けたい。

真緑の目下の望みだ。だからだろう、〝体幹を鍛えれば、精神もタフになる。肉体と心はつながっているのです〟。そんな記事に目を引かれてしまった。

「先生、その雑誌、持って帰ってええよ。先月のやつだし」

あまりに熱心に読み耽っていたからなのか、常連客へのサービス心なのか、麻衣子さんが雑誌をくれた。

それを参考に、毎日、就寝前の十五分間、トレーニングを実行している（一日十五分で十分なのだそうだ）。成果のほどはまだ実感できない。それでも続けている。自分の努力で自分の心身を変えようとする決意が一番大切だと書いてあったからだ。

ほうっ。

深いため息を吐き出した後、真緑は慌てて姿勢を正す。ため息を吐くとどうしても、背中が丸まってしまう。

ふふん。

二〇一号が鼻先で嗤う。豚の鼻で嗤われるのは、かなり腹立たしい。真緑は横目で、クローバーを食んでいる豚を睨む。

研究棟と加工食品製造棟の間にある中庭だ。中庭は一面にクローバーに覆われ、真ん中あたりが微かに盛り上がっていた。盛り上がりの頂きに百葉箱が設置されている。今も使用されているのかいないのか、真緑は知らない。季節にかかわらず裏山から降りてくる風の通り道になっているようで、冬季は身が縮むほど寒くて一分も立っていられないが、夏近くなると涼やかで快適な場所になる。人気のないこともあって、静かで、物思いには最適な場所だ。

物思いに耽りたくなると、真緑はここに足を運ぶ。

今日もそのつもりだったが……。

「何で、あんたがいるのよ」

百葉箱の傍でクローバーの花を食べている二〇一号に文句を言う。

はぁ？　ここは何かい、あんたの土地なのかい。いつの間に、そんな話になったのかねえ、驚きだよ。ふんふん。

「ここは校内でしょ。個人の土地なわけがありません」

じゃ、あたしがどこにいようと勝手だろう。新米教師が差し出がましい口をおききでないよ。

二〇一号は鼻からふんと息を吐き出した。佐和子に頭を掻かれていたときとは、大違いだ。腹立たしいほど違う。

「勝手にしてていいの。あんた、豚なんだから、豚らしく豚舎にいなさいよ。畜産科の生徒が、また捜し回らなくちゃならないんだから。ちょっとは考えてやったら」

あたしは生徒のために生きてるわけじゃないよ。

「また、そんな屁理屈を。この広い校内をあちこちしなくちゃならない生徒の身にもなってやんなさい」

真緑は本気で二〇一号を戒めた。

喜多川農林の敷地は広大だ。

幾つものビニールハウスが並び、実習畑、実習果樹林が点在し、飼育棟や作業棟が幾つも建つ。生徒も教師も、校内の移動に自転車を使うぐらいだ。それでも、農林高校としては平均以下の面積だとか。畜産や酪農の学びが主体となる学校には、何十頭という家畜を飼育する牛舎や豚舎、養鶏施設だけでなく牛の放牧場や種付け場まであるのだという。

「うちもねえ、昔は相当数の牛や豚を飼育しとったんです。去勢も種付けも出産介助もみんな生徒たちがやっとりました。その施設も充実しとったんですよ。けど、肝心の生徒数がどんどん減っていきましたで、とうてい維持できんようになってもうて。いや、もちろん、うちだけの傾向じゃないし……、うちだけじゃないから、大事なんですわなあ」

と、語ったのは畜産科の主任の小路博之だ。五、六年前まではそれでも何とか乳牛と肉牛を何頭かずつ飼育していたが、今は老齢の牛が二頭いるだけだという。

「このままじゃ、日本の畜産も酪農も窄んでいくばっかですわ。それでええんでしょうかねえ。時代の流れじゃて見過ごしてたら、えらいことになると思いますけどなあ。えらいことになってから慌てても遅いんとちがいますか」

微かに怒気を含ませて、小路は口を閉じた。真緑には何とも答えられなかった。喜多川農林に赴任して、今まで自分がどれほど農業に無知だったか思い知った。知ろうとしなかった。関心を寄せようとしなかった。心が向いていなければ、見えない。現実であっても見えない。見るつもりで見たとき、人の眼差しはきっと明度を強くして、ライトのように現実を照らし出すのだ。反対に決意も覚悟も本気もない視線は、何も捉えない。だから全てが闇に沈んでしまう。

真緑は、喜多川で自分の視力の脆弱さをつきつけられた。だから鍛えようと思う。体幹と一緒で、現実を見る力だって、鍛えて強くできると思うのだ。見えないから知らないで済まさない。済ませない。それくらいの決意も覚悟も本気も持っている。

わたしには農業なんてほとんどわからない。でも、農業が好きで、大切に思っていて、一生をかけたいと望んでいる生徒たちが、大人たちがすぐ傍らにいる。だから、わたしも頑張って、踏ん張って……。

あんた、気絶しちまったんだって。

二〇一号がにやっと笑った。

「え……そ、それは……」

まったくねえ。生徒たち、びっくりしただろうねえ。教師が倒れちまうんだからさ。ははは、当の鶏だって驚きさ。首を刎ねられるのはこっちなんだけどって、呆れてたかもね。

「うっ……ど、どうして、あのことを……」

ははん。おあいにくさま。豚耳ってのはミミガーだけのためにあるんじゃないよ。喜多川の校内で起こったことで、あたしの耳を素通りするものなんてありゃしないのさ。まったく、情けないねえ。教師が実習中、ぶっ倒れるなんて、さ。前代未聞じゃないか。

「う……う、わ、わかってるわよ。あんたなんかに言われなくたって、よくわかってる。わかってるから……落ち込んでんじゃないの」

落ち込んで、どうなるんだよ。別に何も変わりゃしないだろう。雰囲気が暗くなって、周りがさらに迷惑するだけさ。

「ちょっと、その言い方、きつくない？　あんまりでしょ、ちょっとは労わってよ」

二〇一号の口からクローバーの茎が落ちた。あるいは、二〇一号が吐き捨てたのかもしれない。

甘えんじゃないよ。

怒鳴られた。豚に怒鳴られたのは生まれて初めてだ。豚に怒鳴られた人間なんてそうそういないだろう。もっとも、稀有な経験をしているというときめきは、僅かも湧いてこないが。

落ち込んでぐじぐじしてりゃ、誰かが慰めてくれるとでも思ってんのかい。ははん、ほんとお笑い草だね。そんなんじゃ、いつまで経っても一人前の教師にゃなれないね。いや、教師の前に一人前の大人にもなれないのとちがうかい。あんたより、ちゃんと鶏をさばいた生徒の方がよっぽど一人前に近いよ。いいかい、真緑、よくお聞きよ。

真緑と呼び捨てにされたけれど、気にならなかった。気にする余裕がなかった。二〇一号の一言一言が胸に刺さってくる。

確かに甘えていたかもしれない。

落ち込んだ自分を哀れんでいたかもしれない。生徒や藤内さんたちに心配されて、情けなくもあったのに、どこかで縋（すが）っていたかもしれない。確かに、確かに……。

あの日、百羽の鶏がさばかれたんだよ。あたしはさっき冗談めかして言ったけどさ、鶏たちからしたらびっくりも、呆れたもなかったろうよ。みんな、死にたかなかったんだ。肉になんてなりたくなかったろうよ。けど、しょうがないだろ。それが肉用種の運命なんだから。あんたたち人間の餌になる運命なんだからさ。みんな、その運命を受け入れて死んでいったわけじゃないか。それなら、敬意をもって食べてやるのがせめてもの恩返しってもんじゃないのかい。

「……はい」

頷いていた。

豚に怒鳴られたばかりか、説教されている。まさに前代未聞だ。

なのにあんたときたら、失神？　気分が悪くなって倒れた？　ああ、まったく、嫌になる。あたしが鶏だったら、ムカついて、ムカついて、死ぬに死ねなかっただろうね。いや、ムカつくより悲しくてたまんなくなってたよ。肉になる甲斐もないって気がしてね。

「……はい」

今度はうなだれる。

情けない自分を持て余し、ため息を吐いていた。肉になる鶏のことなんて、考えもしなかった。敬意という言葉が染みた。

まっ、肉を食べる度に、「ああ、わたしたちのために死んでくれたんだ」「感謝していただきましょ」なんてこと言ってたら、何にも食べられなくなるからね。いちいち、あれこれ小難しいこと考えなくていいけどさ。

「はい……って、え？　え？　考えなくていいの」

いいさ。けど美味しくは食べておやりな。間違っても、もう一生、鶏肉が食べられないなんて、甘えたこと言うんじゃないよ。

「い、言わないわよ。言うもんですか。あたし、昔から鶏肉大好きだし、これからだってずっと好きなんだから。そうよ、唐揚げだって、ささみのフライだって、親子丼だって、鶏肉の水炊きだって、甘酢あんかけだって、大好きなんだからね」

そんなにむきにならなくていいよ。ふふん、痛いところをつかれると、やけに力むのも悪い癖の一つだねえ。

じゃあ、あんたの悪い癖は……と言い返したかったが、二〇一号の悪癖を何一つ見抜けていないと気が付いた。口をつぐむしかない。

それにしても、このずけずけした物言い誰かに似ている。誰かに……、ああ、あの人だ。

「イケハタのおばあちゃんだ」

二〇一号の耳がひくっと動いた。

「そうそう、イケハタのおばあちゃんだ。言い方、そっくり」

イケハタ？　どこのイケハタだよ。

「兎鍋村のイケハタのおばあちゃん。知ってる？」

知らないね。知ってる、わけがないだろう、兎鍋村の住人のことなんてさ。

「でも、その人、昔、ここの先生だったらしいの」

真緑は腰を下ろすと、昨夜の出来事について語った。

真弓さんとイケハタのおばあちゃんの小さな諍い（いさか）は、イケハタのおばあちゃんがむっつり押し黙ったままその場を離れていったことで、一応、落着した。

「真弓は、アルコールが一定以上入ると、気ぃが短こうなってしもうてなあ。けど、気ぃが短こうなると、すぐに眠ってしまうんで、まあ、ほとんど害はないんやけど」

藤内さんがそっと教えてくれた。その通り、ものの十分もしないうちに真弓さんは目を頻繁に擦るようになり、とうとう、桜の木の下で眠り始めたのだ。イケハタのおばあちゃんの姿はいつの間にか、花見の席から消えていた。

「……何かねえ、そういうわけなのよ」

あんたは余所者じゃ。

イケハタのおばあちゃんに言われたときの苦い衝撃を思い出し、大きな吐息を漏らしてしまった。さっき、甘えるなと叱咤されたばかりなのに、哀れっぽいため息を吐いてしまったのだ。

息を呑み込み、腹筋に力を込める。

身体を真っすぐに保ち、自分を支える。

知らないねえ。そんな頑固ばあさんなんて。おばあちゃんと言うからには、相当な年なんだろ。とっくに後期高齢者にはなってるね。

「後期高齢者って、よくそんな言葉知ってるわね」

あんたたち人間と違って、あたしらは一度頭に入った言葉は大切にするからね。適当に使ったり、勝手に意味をすり替えたりしないのさ。ともかく、何十年も昔のこと知るわけないだろう。あたしはまだ、人間時間でなら二年ちょいしか生きてないんだから。

「二年！　そんな馬鹿な」

思わず叫んでいた。

このふてぶてしさは、相当の年月を生きた酸いも甘いも嚙み分けた、つまり中年以上のものだ。二年だなんて、ありえない。

人間時間でって言ったろ。豚には豚の、牛には牛の、鶏には鶏の時間ってものがあるんだよ。まったく、人間を中心に世界を見るから、「そんな馬鹿な」なんて馬鹿なことを口走るんだよ。

「ぶ、豚時間ってのがあるの」

また、叫びそうになる。

二〇一号が頭を上下させた。

ありますとも。一度、小路の授業を受けたらどうだい。あいつの専門は、確か、牛豚の飼育だったはずだよ。ああ、そう言えば、今度、子豚の去勢の授業に兎鍋村に行くとか言ってたね。養豚農家に頼み込んで実習させてもらうんだろ。ここじゃ、やりたくてもできないからさ。そうだ、あんた、せっかくだから参加させてもらえばいいんじゃないかい。

「きょっ、去勢って、あの……」

睾丸（こうがん）を取っちまうことだよ。その方が、肉質が柔らかくなるんだってさ。性質もおとなしくなって飼育には都合がいいんだろ。

「と、取っちゃうんだ。え？　え？　ちょっと待って。取るって、どうやって取るの」

そんなこと、なんであんたに教えなきゃならない？　あたしは、豚であって畜産科の教師じゃないよ。

「だって、あの、女子もいるのよ。その子たちも……その、去勢なんてするわけ」

男子限定の授業なんてないだろう。

そのとおりだ。真緑自身が母に告げたではないか。授業だから男も女もないと。

「け、けど……」

去勢を十代の少女たちが実習するなんて、あり？

二〇一号がさも面倒くさそうに鼻を鳴らした。

あんた、ほんとに了簡が狭いねえ、嫌になっちまうよ。それより、そのイケハタのおばあちゃんとあんた、何か関わり合いがあるのかい。

「そんなのないけど。昨夜、初めて会った人だし。でも」

でも？

「やたら突っかかってくるというか、妙に偏屈というか、いかにも、ザ・お年寄りって感じで……いや、お年寄りが、みんな突っかかってきて偏屈っていうわけじゃないけど、どうしてだか、気になって、どうして気になるのか、わかんないんだけど……」

ふふん、自分のことさえわかんないのかい。やれやれ……。あーぁ、腹がくちくなったら眠気が……、帰ってひと眠りするかね。

ふわっ。二〇一号が欠伸を漏らす。くるりと体を回し、足早に歩き出す。歩き出して立ち止まり、顔だけを向ける。

古いことなら、有希子に尋ねりゃいいだろ。たいていのことなら、答えてくれるんじゃないのかね。あっさりとはいかないかもしれないけどさ。

にやっ。二〇一号が笑う。

まっ、せいぜい頑張るんだね。関わりのない相手でも気になったらとことん気になる。あんたの癖だもんねえ。

二〇一号は見事に張った臀部を揺すりながら遠ざかっていった。堂々とした後ろ姿に、ちょっぴりだが、気圧されてしまう。

あ、癖だって。悪癖だとは言わなかったな。

気圧されながらも、そこに気付いた。

涼やかな風の中、真緑は立ち上がる。明日の授業の準備がある。事務書類の作成がある。気がかりなことも数件、あった。テストの採点と学級通信の下書きもしなければならない。

せいぜい頑張るわよ、二〇一号。

「翠川先生」

不意に呼ばれて、飛び上がりそうになった。

「あ、小路先生」

振り向けば、小路の巨体が目の前にあった。額に汗が浮いている。

「先生、二〇一号、知られませんかの」

「知ってます。さっきまで、ここにいておしゃ……」

「おしゃ?」

「いえ、あのその、お洒落っぽいかなあと……」

豚とおしゃべりしていたなんて、軽々しく口にできない。小路は、真緑と二〇一号が会話できることをあっさり認めも受け入れもしてくれたけれど、それは小路の人柄と常に豚と接している日常があってのことだ。他の人だとこうはいかない。信じられないと笑われるぐらいならまだしも、気味悪がられて変人扱いされる公算はかなり大きい。真緑なりに用心していた。

それでなくても、生徒たちから「先生、豚と話せるなんてマジすげえ」「一種の超能力じゃで。ほんま、すごーい」なんて、からかっているのか本気で称賛しているのか、さっぱりわからない反応を受けているのだ。「先生、サインしてください」なんて求められたりもした。これ以上、騒がれたくはないし、騒ぎにしてはいけない。

「ははは、小路先生ってほんと、このごろお洒落になられましたよねえ。ははは」

もたもたとごまかす。

「はあ……。前とあまり変わってないと思いますが。ははは。それで二〇一号はどっちに行きよりましたか」

「あ、眠くなったので豚舎に帰るとか言ってました。いえ、あの、帰るんじゃないかなあって雰囲気でした」

「そうですか。帰る気になってくれとりましたか。そりゃ、よかった。やれやれですわ。あ、もしかして、翠川先生が説得してくださったんですか」

「そ、そんな、あたしの言うことなんて聞くやつじゃないし……て、いえ、違います。あたし、豚なんて説得できません」

むしろ、豚に説教されてました。

「そうですか。翠川先生ならできる気がしますがのう。なにしろ、二〇一号は先生のことかなり気に入っておりますで」

「え？　あ、あたし、二〇一号に気に入られてるんですか」

「そんな感じですなあ、あいつ、翠川先生の姿を見かけたら、こう、すうっと目を細めるんですが。こんな風に」

小路はもともと細い目をさらに細めてみせた。

「それが、えらい嬉しそうでしてな。ありゃあ絶対に、翠川先生が気に入って、喜んどるんですよ」

目を細めた二〇一号を思い浮かべる。

違う。喜んでるんじゃなくて、ほくそ笑んでいるのだ。

むふふ、また、からかい甲斐のあるやつが来たよ。退屈凌ぎにゃ、うってつけの相手だね。

呟きがリアルに耳に響く。

「畜産科の教師として二十年。自分で言うのも何ですが、まあベテランのうちでしょ」

「二十年、すごいですね。大ベテランです」

本気で頷いていた。真緑など、まだ二年も経っていない。ひよっこもひよっこ。頭に卵の殻が乗っかっている雛だ。

「ははは、そのわたしが断言しますよ。二〇一号は、翠川先生が好きなんです。翠川先生も満更じゃないんでしょうが。ははは」

「と、とんでもない。先生、それは誤解です」

「はははは、豚だけにトンでもないですか。翠川先生、上手いこと、言いよりますなあ。トンちんかんですみません。なーんちゃって。はははは。今日は、ちょっと冴えとりますで。気持ちがええな」

「……すみません。明日の授業の準備がありますので失礼します」

「あ、どうも。これからも二〇一号、よろしくお願いします。あいつも根は悪い男じゃないんで」

「はあ、でも、根は悪くないとは言い切れ……えええっ」

小路が笑いを引っ込め、頬を強張らせた。真緑が大きく目を見開いたからだ。真緑が驚いたことに驚いている。

「翠川先生、ど、どうかされましたかの」

「小路先生、今、何て」

「は？　ですから、二〇一号をよろしくと」

「その前です。その前。あ、じゃなくて、その後です」

「根は悪い男じゃないっていうところですか」

「男！　えええっ、二〇一号って男なんですか」

もう一度、驚いていた。千回でも驚ける気がする。

「そうですよ。ああ、豚だから雄って言わなきゃおえんかったですな。そうそう、あいつは雄です。間違いないです。生まれてまもなく、わたしが去勢しましたけどな」

「そんな。あいつ、完璧にオバサンじゃないですか。意地悪で口煩い(くちうるさ)オバサンです。意地悪で口煩いけど、人生……豚生を知っていて、けっこう思考力があって……でも、やっぱりオバサンです。あれは、絶対にオバサンです」

「はあ」

小路が頭の後ろを掻く。戸惑っているみたいだ。

「そうは言われてもねえ。雄は雄なんで、雌じゃないんでねえ」

山からの風が染みてくる。いつの間にか、口をあんぐりと開けていたらしい。

「翠川先生、大丈夫ですか。二〇一号の性別がそんなに気になりますかいの。あ、それとも興味があるんじゃないですか」

「はあ……」

「子豚の去勢実習。一緒に行かれますか」

「はあ……」

「畜産科の生徒が少ないんで、園芸・栽培科の生徒にも参加してもらおうって思うとります。先生、養鶏の方にも参加されたんでしょ。こっちにも、ぜひ、どうぞ」

「はあ……」

「じゃあ決まりですな。場所も兎鍋村ですし、丁度、ええでしょう」

「……はあ。え？　え？　小路先生、今何て？」

「再来週予定の豚の去勢実習についてですよ。じゃあ、翠川先生も参加ということで、こちらで手配しておきます」

「あ、いえ、ちょっ、ちょっとそれは」

「おうっ、見つかったか」

この小路の一言は真緑ではなく生徒たちに向けられていた。畜産科の生徒たちが渡り廊下から手を振っていたのだ。

「せんせーい、二〇一号、豚舎で寝とったでーっ」

「おう、やっぱり、翠川先生の言うたとおりだ。さすが、さすが。じゃっ。また」

小路が生徒たちに向かって走り出す。

真緑はまた一人、残された。

鶏の解体の次は豚の去勢？

二〇一号が雄？

くらくらする。

真緑は両足を踏みしめて、目を閉じた。

四　新米教師と豚の相性

春の終わりから夏に向けて、兎鍋村の風景は一変する。蠟梅(ろうばい)や梅に始まり、桜、桃、山吹、ツツジと花の季節が続き山藤で一段落する。家の庭先に紫陽花(あじさい)が目立ち始めるころまで、風景の主役は花から木々や葉や草に変わるのだ。

緑、真緑、黄緑、萌黄(もえぎ)、翠、常磐緑(ときわみどり)、裏葉……。日本語には緑色を表す呼び名が多彩にある。その一つ一つをここで実感した。

種類により、日差しにより、風により、時間により、天候により、季節により、山や野の色は変化していく。濃淡があり、明暗がある。緑だけではない。赤も黄色も青も、自然の中で色は決して一様ではない。

冬の間、凍てついて尖って見えた山々が、今は木々の青葉に包まれてこんもりと丸く盛り上がっている。棚田(たなだ)の田植えもほぼ、終わった。苗の丈が短いので、田んぼにたっぷりと張られた水が、光を存分に受けてきらめく。日本のありふれた山村が湖沼地帯の如く見えなくもない。なんて、悠長な気分にはとてもなれない。

真緑は、小型バスの座席の中で固まっていた。

喜多川農林所有の二十人乗り小型バスはかなり旧式で、スプリングの利きがひどく悪い。兎鍋村に向かう道は途中から舗装の途切れた山道になるので、揺れる。その揺れがお尻に容赦なく響いてくる。真緑は通勤に中古の軽自動車を使っているが、そっちの方がよほど乗り心地がいい。道はでこぼこだけでなく、曲がりくねってもいるものだから、車体はやたら左右に振れて、生徒たちはその度に笑ったり、わざと悲鳴を上げたりしている。

「ちょっと、ぶつかってこんといて」

「あ、ごめん」

「うわぁ、わざとじゃないん。戸田、わざと陽菜にぶつかったんやろ。やるぅ～」

「あほぬかせ。しばくぞ」

「へぇ、やれるもんならやってみ。豚じゃなくて、あんたを去勢したるからね」

「やだぁ、美里、それサイコーにおかしい。受けるわぁ」

生徒たちの若い声は振動に合わせて、飛び跳ねているようだ。

「こらぁ、静かにしろ」

小路の一喝に、車内の騒ぎはぴたりと収まった。

さすがだと思う。真緑だとこうはいかないだろう。「こらぁ」の迫力が違う。全然違う。

「おまえら、遠足に行きよるんと違うぞ。授業だぞ、授業。実習授業なんじゃからな。養豚農家の方に協力してもらっての実習授業だ。真剣に取り組まなんだら許さんからな」

「はーい」

「わかってます」

「ほんまにわかっとるんか。笹原さんはこの辺りでも指折りの大けな養豚農家だ。しっかり勉強させてもらえ。実習の後は、参加者全員にレポート提出してもらうで、そのつもりでいろ」

とたん、叫び声とブーイングが巻き起こった。

「先生、ひどーい。無茶苦茶やわ」

「何が無茶苦茶や。実習したことをレポートするの、当たり前だろうが」

「何枚ですか、先生、何枚ですか」

「原稿用紙に換算して三枚以上。三枚以下は認めん」

「鬼だ。先生は鬼だ」

叫び声とブーイングを貫くように、真っ直ぐに手が挙がった。

生方竹哉だ。

「レポートって、それ畜産科だけですよね。おれら園芸科は関係ないですよねえ。おもしろそうだから参加しただけやもんな」

「生方、おれの話を聞いてなかったのか。参加者全員レポート提出と言うたはずだ」

「ええええええ～っ」

竹哉が頓狂な大声をあげた。

「そんな殺生な。おれら科が違うのに」

「何科でもええ。園芸を選択したからいうて、畜産に関わりないなんて考えるのが間違いじゃ。おまえら農林高校の生徒ぞ。野菜も花も豚も牛も鶏もしっかり学んでなんぼの立場じゃろうが」

「そんなんありかよ。だまし討ちじゃん」

真桜健斗が振り返り、縋るような視線を向けてきた。今日も、園芸科二組からは健斗と竹哉と祐二が参加している。

竹哉は将来、花卉栽培を中心にして農業に従事するという明確な目標を持っていた。鶏の解体や豚の去勢実習に参加するのも興味本位ではなく、畜産の経験もしておきたいという積極的な動機だと思う。

ナスフク、いや、豊福有希子曰く、「生方みたいに、真正面から農業に向かい合ってる子は珍しい」のだそうだ。まだ、新米中の新米（今もあまりかわらないが）、教師歴僅か数カ月のころだったから、思わず「えっ、そうなんですか」と素直に驚いてしまった。ちなみに、ナスフクとは豊福の渾名だ。茄子（たぶん丸茄子だろう）のイメージと本人の雰囲気から付けられた。

「当たり前でしょ」

豊福が横目で睨んできた。ナスとは縁遠い鋭い眼つきだ。真緑など一睨みで竦んでしまう。ベテランの域に入ったら、豊福のこういう視線を軽く受け流せるようになるのだろうかと、たまに考えたりする。ベテランの朝日山が叱られている場面に出くわしたりすると、とうてい無理な気もする。

「うちの子どもたちの中で、明確な将来像を描ける者が何人おると思うてるの。ましてや、農業に関わって生きていきたいなんて、はっきり言える子は、生方をいれても十人ぐらいとちゃうの」

「でも、農林高校なのに……、農林業に関わらないんですか」

「翠川先生！」

「ひえっ、は、はい。すみません」

「何にも言ってないのに謝らなくてよろしい。とりあえず謝っておけなんて、いいかげんな態度じゃ教師は勤まりませんよ」

「は、はい。すみま……、いえ、その気を付けます」

ふんと音を立てて、豊福は鼻から息を吐き出した。その仕草が二〇一号にどことなく似ていた。もちろん、そんな感想、口が裂けても言えない。

「ええですか、翠川先生。うちの子どもたちの三割から四割は進学します。専門学校や農学部のある大学が主やね。中には教育学部や獣医学部を目指す子もおるけど、それはまあ、ほんまたまーに、一学年に一人おるかおらんかやからね」

「はい」

「後は就職します。就職組の八割から九割は農業とはあまり関わりのない職種につきます。関係あっても、食品加工とか農協の事務とかで、実際の生産者になる子は少ないんよ。そこらへん、まだわかっとらんね、翠川先生」

「は……いえ、はい。わかってません」

ふん。

豊福がまた鼻息を吐いた。

「わかってませんね。子どもたちの中には生方みたいに農業が好きだって子もけっこう、いるんよ。けど、それじゃ食べていかれんから就職するしかないの。生方の家は早うから花卉栽培を始めて、安定した収入が見込まれるから、後も継げるけど、みんながみんな、そういうわけにはいかんのよ。それが現状です」

「……はい。厳しいですね」

「厳しいですよ。今の日本で専業農家の率、幾らだと思うの」

「え？　幾らぐらいなんですか」

「もう、それぐらいちゃんと調べときなさい。あのね……あれ？　幾らだったかな。あかんわ、年取ってくると覚えてたことが、どんどん、頭から抜け落ちていくんよ。抜けるんは毛だけじゃないんよね。翠川先生は若いから、まだ大丈夫やろうけどね」

「は、はあ？　抜け毛ですか」

「抜け毛の話じゃありません」

「ひえっ、は、はい」

「ともかく、現実は厳しいの。子どもたちの将来を絶対的に保証するなんてこと、教師にはできません。だからこそ、ちょっとでも確かな道を一緒に探すんです。そういう役目もあるんよ、わかっとりますか。よう心しときなさい」

「はい」

おざなりでも儀礼でもなく、本気で首肯（しゅこう）していた。

厳しいのだ。それまで日本の農業の現実など真剣に考えたこともなかった。米も野菜も花も、当たり前にあるものだと思っていた。災害で泥水に埋まった田畑とか崩壊したビニールハウスを見たとき、伝染病のために何万羽もの鶏が殺処分されたと聞いたとき、「気の毒に。これからどうするんだろう」と同情する程度だった。これからはそうはいかない。農業の未来は生徒たちの未来に重なる。

わたしの生徒たちだ。

わたしの初めての生徒たちだ。

二十五人の生徒たち、その未来を閉ざさせたりしない。自分にどれほどの力もないとわかっているけれど、微力は無力ではないのだ。ちょっとでも、ほんのちょっとでも教師の役目を果たしたい。

豊福の言葉は、真緑の胸の底に落ちて、そのまま残っていた。今回、畜産科の実習に参加したのも、母の話に引きずられただけではないのかもしれない。それも、多分にあるが。

バスの振動に身を委ねながら、真緑は一年前の豊福の言葉を反芻していた。牛のようにくちゃくちゃ口は動かさないが、心が言葉を咀嚼していく。

知らなければ。

そう思ったのだろうか。

園芸も畜産も、農に関わることをちょっとでも知らなくちゃ。

力んだのかもしれない。

少年の背中が浮かんだ。そこに豊福の一言が重なってくる。

そうだ、白波くんのことも……。

三月に卒業生たちを見送った。直接、教えたわけではないけれど、別れはやはり寂しい。

三月の初めは、まだ冬の名残がある。

卒業式の後、真緑は豚舎に行った。二〇一号に用事があった……わけではない。小路を捜していたのだ。夕方から卒業生や保護者たちと教職員との懇親会が体育館で催される。保護者が主催になるのだが、学校側からも真緑と小路が実行委員になっていた。直前の打ち合わせと確認がしたかったのだ。

豚舎にいたのは小路ではなく、一人の男子生徒だった。

「白波くん」

白波譲（ゆずる）が慌てたように立ち上がった。卒業証書を入れた筒が転がる。それを豚が鼻先でつついた。

「あ、二〇〇号、それ、食わんといてくれ」

譲は筒を拾い上げると、二〇〇号の額を軽くなでた。

「白波くん、みんなにお別れに来たの」

譲がわずかに頷く。

「そうか、白波くん、畜産科だもんね」

「うん。こいつらとは、子豚のときからのつきあいじゃから。豚やけん、ほんとは半年ぐらいで出荷されるんやけど」

「出荷？」

「肉にするんで……」

養豚は出荷するために豚を飼う。当たり前のことだ。ただ、それが生後半年でとは、知らなかった。

「あ、肉に」

たった、半年。人間なら、まだ乳を飲んでいるころだ。

「けど、うちの三頭はこのままらしいです」

「そう、よかった」

ちらりと柵の中を見やる。202と尻に赤ペンキで記された一頭が水を飲んでいた。二〇一号はいない。いつもどおり、校内をうろついているのだろう。

「先生、おれ豚肉、苦手なんや」

譲が苦笑した。

「世話してるから情が移ったとかじゃのうて、昔から、あんまり好きじゃないんじゃ。トンカツも生姜焼きも豚しゃぶもどっちかつーと苦手」

「そうか。あたしは好物なんだけど……」

二〇〇号がふっふっと音を立て鼻息を出す。豊福に劣らない迫力があった。

「豚は好きやな」

譲が呟いた。

「すごく繊細で利口で、優しいんですす、豚って」

「そっ、そうかな。二〇一号はちょっと違うと思うけど」

あははと譲は笑い声をたてた。線の細いきれいな笑顔だ。

「そうじゃな。あいつは特別かもしれん。おもしろいやつじゃった。最後までおれには、あんまし馴れてくれんかったけど」

「あいつに好かれてもいいことないからね」

「あははははは、先生が言うとマジ、リアルやな」

「白波くん」

「はい」

「卒業したら、大阪に行くんだってね」

「うん……はい。大阪の電機メーカーに就職できました」

「身体だけは気を付けてね。食べ物とか水とか合わないことあるから。最初は寮に住むんだったよね」

「はい」

「不自由なことや嫌なことあるかもしれないけど、楽しいこともいっぱいあるはずだから……」

楽しいこと、いっぱいあって欲しい。

祈るように真緑は思っていた。

譲が畜産関係への就職を希望していたのも、小路や平崎が就職先探しに奔走していたのも知っていた。それが叶わなかったのも、むろん知っている。

新しい世界に楽しいことがいっぱい……いや、一つでも二つでもありますように。豚のように繊細で利口で優しい人と、白波くんが巡り合えますように。そっと祈る。どんなに祈っても、想いがあっても、口にすればありきたりの激励の台詞になってしまう。国語の教師としても、大人としても、情けない。

「じゃ、どうも」

ひょこりと頭を下げて、譲は豚舎を出て行った。その後ろ姿は、軽々しい励ましを拒む硬さがあった。

ブフーッ。

二〇〇号が柵に鼻を乗せて、小さく鳴いた。

豊福の言葉も白波の後ろ姿も、しっかりしろと真緑の背中を叩く。

教師の役目、農業の未来、生徒たちの将来。鶏の解体、豚の去勢、畜産、園芸……

いろんなものが頭の中で回っている。

そうだ、真緑。がんばれ。知らないことを知る。それが第一歩にもなるんだ。鶏では失敗したけど、豚はどうにかなるかもしれない。ぜったいに、なる。してみせる。なんてったって、二〇一号に鍛えられてんだから。

「グリーン・グリーン、レポート」

健斗の声と視線がぶつかってきた。同時に、バスが上下に揺れた。

「え？　レポート？　ああ、レポートね。やりなさい。せっかくの実習参加なんだもの。大いにやりなさい」

「そんなぁ～。グリーン・グリーンまで言うかぁ、それ」

「そのかわり、レポート提出者には夏休みの国語の課題を半分にします。もちろん、畜産科のみんなにもね」

拍手が起こる。小路がにやっと笑った。

「課題が半分か。まあ、よしとしようや」

竹哉が健斗と祐二に向かってVサインを示した。

祐二は同じサインを返したけれど、健斗は、

「なんちゅうこっちゃ。人生、何が起こるかわかんねえな」

と呟いて肩を竦めた。

健斗はおそらく竹哉に誘われて、ここに参加したのだろう。しかし興味はあるらしく、まんざらでもない様子だった。祐二については、正直、よくわからない。穏やかで静かな性格で成績もいい。読書も好きなようだ。

でも、しゃべらない。

ほとんどしゃべらない。いつも、口を結んで、うつむいている。祐二が真緑に心を閉ざしているわけではなく、他人とのコミュニケーション自体が苦手なのだと理解しているし、園芸実習のとき晴れ晴れと笑う姿も何度か目にしている。

自分の授業中に、あの笑顔を見たい。「先生の授業、おもしろい」と言ってもらいたい。祐二だけでなく生徒全員に「先生の授業、おもしろい」と言わせたい。

真緑の密かな望みであり野心だった。

鶏の解体やバラの栽培や白菜の収穫、そんな実習から得られる知識、経験と同じくらい大切なものが国語の授業にもある。この言葉を知ることが、この表現に触れることが、生徒たちのこれからの人生を支えていくと、真緑は信じていた。信じているから伝えたい。

四月の初め、授業で短歌を取り上げた。僅か三十一文字の中にどれほど豊かな想いを込められるか真緑なりに伝えたかった。

　その子二十櫛（はたち）にながるる黒髪のおごりの春のうつくしきかな

　ふるさとの訛りなくせし友といてモカ珈琲はかくまでにがし

教科書に載っている与謝野晶子（よさのあきこ）、寺山修司（てらやましゅうじ）を中心に和泉式部（いずみしきぶ）や石川啄木（いしかわたくぼく）、俵万智（たわらまち）の歌も交え熱く語った。生徒自身の創作にも繋（つな）げたい。そう思っていた自分の心の内にあるものを言葉にする。表現のもつ可能性を知ってもらいたい。

「言葉を削ぎ落とすことで、想いや感情が鮮明になり研ぎ澄まされてくるの。五・七・五・七・七のリズムには私たちの心に届く力が……」

口をつぐみ、教室内を見回す。

弛緩（しかん）していた。ほぼ全員がとろりと眠たげな眼差しになり、ある者はあらぬ方向をぼんやり眺め、ある者は、うつむいて眠気と闘っている。終了のチャイムが鳴ったとたん、安堵に似た気配が室内に満ちた。

「そりゃぁ、あかんわ」

と、豊福から無情のダメ出しをくらった。

「翠川先生一人が熱うなったって、生徒はおいてきぼりやないの。熱心なのと自分の好みを押しつけるんは違うでしょ。教師は冷静に授業を進めんとねえ。勝手に突っ走られても生徒は困惑するだけ。進学校の子らならいざしらず、うちの子は学ぶことに消極的なんよ。そこをどう引っ張り込むか、教師の力量が問われるんよ。まあ、だからこそおもしろい。教師の醍醐味ってやつよな」

豊福は胸を張ったけれど、真緑にすれば醍醐味どころか味付けのイロハさえ摑んでいないと思い知った気がする。豊福がおまけのように付け加えた「でも技術だけしかないより、心(ハート)があって下手くその方が本物になれる見込みは多いんとちがう」の一言がかろうじて救いとはなっているが。

想いはあるのだ。

想いはあるのに、想いに見合っただけの仕事ができていない。おもしろいどころか、退屈させてしまう。前より幾分かはマシになったとはいえ、今でも午後の授業など、睡魔に負けて机に突っ伏したり、生気のない顔を窓の外に向けている者たちが半数以上というありさまだ。豊福に言われるまでもなく、この現状を〝やる気のなさ、向学心の欠如〟と切って捨てるわけにはいかない。それは、ただのごまかしに過ぎない。

どんな時刻だろうが、暑かろうが、寒かろうが、心に響く授業には生徒たちは目を輝かせるのだ。

　力及ばないのが、悔しい。

　悔しいし情けない。

　授業の進め方は拙（つたな）いし、鶏の解体では失神するし、これでは二〇一号に鼻で嗤われてもしかたない。腹は立つけど、しかたない。しかたないと納得するところが、また、情けない。

「間もなく、笹原さんの養豚場に着く」

　小路が立ち上がり、声を一段と張り上げた。

「笹原さんは妊娠豚や育成豚の飼育方法として、コロニー豚舎を使っておられる。放飼方式での管理というわけじゃな。これにはかなりの土地が必要だが、非常に健康的な飼育方法だ。一年のときから何回も実習に来させてもろうとるから、ようわかっとるな」

「え？　何回もですか」

「そうなんです。笹原さんには、ほんまお世話になっとるんです。翠川先生は兎鍋村にお住まいですから、笹原さんのことご存じですわな」

「いえ……実は、お会いするの今日が初めてなんです」

兎鍋村の住人数がどれくらいか、真緑は把握していない。おそらく百人足らずだろう。住人の数は少ないが、面積は広い。山に沿って東西に長くのびている。真緑は村の入り口に近い東地区に住んでいる。奥側になる西地区の人たちとはほとんど縁がない。

「そうですか。初対面ですか。けど、笹原さんて喜多川とは縁が深うて、先生もよう知っとるあの」

バスががくんと大きく揺れた。

立ったままだった小路は、バランスを崩して転びそうになる。

「先生。ちゃんとシートベルトしてください。あっ、もしかして腹がでかすぎて、ベルトが回らんとか」

誰かがすかさず突っ込む。

「馬鹿いうな。おれのスタイルは抜群じゃぞ」

小路の返しに車内がどっと沸いた。真緑も笑ってしまった。笑っているうちに、目的地に着いて、〝あの〟の後に何が続くのか、聞きそびれてしまった。

驚いたことに、笹原さんは女性だった。かなり年配ではあるが、若いころはさぞやと想像できる、整った顔立ちの老女だったのだ。

「まあまあ、翠川先生まで。ようきてくださって」

初対面で、にこやかに挨拶された。

面食らってしまう。「初めまして」の一言が、喉の奥にひっかかって淡々と消えてしまった。

「は……はい、あのどうも……」

「おうわさは、よう聞いとりました。一度、お会いしたいなあって思うてたんです」

「あ、うわさ？　あの、それはどなたから？」

ふふっ。笹原さんが笑った。目元に愛嬌（あいきょう）が滲む。

「豚からですが」

「はっ、豚？」

「そうなんですよ、先生。先生のことは豚からしっかり教えてもらいました。稲みたいな人やでって」

豚の次は稲がきた。意味がわからない。重ねて問うのも気が引けて、真緑は口ごもった。

笹原さんが、また笑う。

「ふふっ、稲みたいに細くてきれいやでって。どんな先生かと思うとりましたけど、ほんまにその通りですがねえ」

「そんな、あ、ありがとう、ございます」

頬が火照る。

稲は美しい。それも、兎鍋や喜多川で実感したものの内の一つだ。

稲は米を収穫するために栽培している。観賞用ではない。でも美しいのだ。刈り入れ目前の田んぼに光が差すと、稲は金色に輝き、神々しくさえ見える。真緑は特定の信仰はないし、超自然な現象もあまり信じていない。でも、風に金色の波が揺れる光景を目の当たりにすると、お米を主食として体内に取り入れる、それがとても尊いように思えるのだ。

稲のように美しい。

最大級の賛辞ではないだろうか。

でも、それって……豚が言った？　まさか二〇一号が笹原養豚場の豚に伝えたのだろうか。あいつのことだから、テレパシーか何かで豚仲間に伝えたってのも十分、考えられるけど。

あんたは、いつまでたっても馬鹿だね。

二〇一号の嘲笑混じりの呟きが聞こえた、気がした。いや、聞こえるわけがないから、あくまで幻聴だろう。

稲みたいにきれいだって？　何さまのつもりだい。あたしの審美眼は一流なんだからね。稲がきれいなのは認めるけど、何で、あんたを稲に譬（たと）えなきゃならないのさ。まっ、あんたならそうだねえ、せいぜい……。

せいぜい、何よ。

真緑も呟く。むろん、胸の内でだけだ。

ぺんぺん草がいいとこじゃないかい。あの花もまあ、かわいいっちゃかわいいよ。

ぶひぶひ。

最後だけ豚らしく鼻を鳴らして、二〇一号の声は途切れた。

やだ、あたし重症だ。これ二〇一号シンドロームじゃない。

身体を震わせたとき、小路のリアルな声が耳に飛び込んできた。

「全員、集合。豚舎に入る前に消毒を忘れるな」

真緑も生徒たちも作業着に長靴を着用している。真緑は学校の備品を借りているが、生徒たちは自前だ。作業着の胸にも長靴にも名前が記されている。

豚舎の前は広い放飼場になっていて、数十頭の豚たちが放されていた。豚は十頭前後で一群れを作ると小路から聞いたが、なるほどグループごとにはっきり分かれているのと見て取れた。

木の下で座っているもの、水浴場で水を浴びているもの、鼻で土を掘り起こしているもの、さまざまだ。そして、

「わっ、子豚がおる」

竹哉が叫んだ。柵の近くに一頭がごろりと横になっている。その腹のあたりで小さな塊が幾つか動いている。

「あれは三週間前に生まれたやつです。六匹、おります。まもなく離乳の時期になります」

笹原さんが説明してくれる。

「豚っちゅうのはおもしろくて、生まれてから数日でそれぞれ吸乳する乳頭を決めます。一度、決めたらそれだけしか吸いません。じゃから、乳の出が悪い乳頭についた子は発育が遅れがちになります。そういうときは、人工乳で補うんです。あの子たちは、今んとこその必要はないですかねえ」

「専用乳頭か。健斗、羨ましかろうが」

「ほんまや。おれも欲しい……って、あほか」

竹哉と健斗の掛け合いを聞きながら、真緑は豚舎に入っていった。コンクリートの通路を挟んで両脇に飼育房が並んでいた。

その一房で子豚たちが鳴いている。

「生まれて一週間ほどの子です。よろしくお願いしますね」

笹原さんがお辞儀をする。生徒も真緑も、礼を返した。

「肥育を目的とする雄子豚の去勢は、離乳期前に行うのが普通だ。保定が楽だし、傷口の治りも早い。では、まず、おれがやってみるから、よく見とれよ」

房の中に入り、イスに座ると、小路は一匹の子豚を抱き上げた。頭を下にして膝で固定し、子豚の陰嚢(いんのう)を消毒した後(のち)消毒液につけた剃刀(かみそり)で僅かに切ると睾丸を押し出し、ニッパーで切り取る。薬で消毒して終了。時間にして三十秒足らずだ。

「ひええっ、い、痛そう」

竹哉が呻(うめ)いた。

「そうだ、麻酔なしの手術じゃから、下手をすれば豚に大きなストレスを与えるんじゃ。去勢はホルモンによる肉の臭いを防ぐために行われるが、ワクチン投与で十分という意見も、そもそも必要ないという意見もある。人間が美味しい肉を求めた結果、去勢が必要と考えられているわけだ。そのあたりも頭に入れておけや。手際よくやって、少しでも負担のかからんようにすること。一回一回、消毒を忘れんこと。絶対に精管をひっぱり出さんこと。わかったな」

「はい」

「よし、じゃあ二人一組で、一人が豚の保定をせえや。安定した体勢じゃないと安定した保定はできんぞ。決められたとおりに、さっさとやる。ええな、手際よくじゃぞ。下手したら、豚に申し訳ないけんな」

「はい」

何度か実習経験があるのか生徒たちがきびきびと動く。

一人が子豚の後ろ脚を広げて、もう一人が剃刀とニッパーを使って、睾丸を切除していく。子豚はほとんど鳴かなかった。鶏たちと同じだ。運命を静かに受け入れているみたいだ。肉用の豚は、生後半年で出荷されると白波から教わった。この子豚たちも肉になるのだ。ベーコンやウィンナーやヒレ肉やミンチになってしまう。

あたし、駄目だわ。

真緑は目を閉じた。

惨(むご)いとかかわいそうとかではない。家畜を哀れんでいては畜産はなりたたない。肉牛も豚も鶏も、農家は出荷するために育てる。消費者の要望に沿うような、上質で安全で美味な肉を、商品価値の高い肉を作らねばならないのだ。そのために去勢が必要なら、やるだけだ。子どもたちだって農林高校の生徒として実習に参加しないわけにはいかない。農業のプロになるならないは別として、みんなプロになるための学習をしているのだから。

「よし、保定完了」

「はい、いきます」

華奢な少女がニッパーで睾丸を切除していく。迷いのない、スムーズな動きだ。

「園芸科はどうする」

畜産科の生徒が一通り実習を終えると、小路が真緑たちに問うてきた。

「せっかく参加したんじゃ。やってみるか。おれが補助してやるで」

健斗と竹哉、祐二は顔を見合わせ、ほとんど同時に頷いた。

「やります」

「翠川先生はどうされます」

「あ、あたしは無理です。きっと、豚を傷つけちゃいます。で、できません」

小路が微かに眉を顰めた。ちょっと悲しそうな顔になる。

「そうですか。けど……先生には体験してもらいたかったんじゃけどなあ」

「あたし、何にもできません。ぶ、豚のことなんて何にも知らなくて……。肉になったところしか知らなくて、子豚を去勢するなんて、教師になってから初めて知ったぐらいで」

正確には小路に誘われてから、慌てて情報を集めた。それも手軽にネットで調べただけだ。付け焼刃にもならない。

「だからですよ」

「え？」

「だからです。知らんでええんです。知らんで当たり前なんですから。けど、もし、知る機会があるなら、知ってもらいたいんです。畜産農家がどんなことをしとるか、豚をどんなふうに飼うとるか、その眼で見てもらいたいんですが。畜産の仕事の真実っちゅうものにちょっとでも触れてみてもらいたいんですがね。先生みたいに豚肉しか知らん人にこそ、肉になる前の豚や仕事を知って欲しいて思うとるんですが」

「あ……」

小路先生があたしを誘ったのは、行きがかりでも気紛れでもなかったんだ。

やっと、気が付いた。

でも、でも、やっぱり無理だ。できない。鶏のときみたいに気絶して終わりにはならない。子豚に迷惑をかけてしまう。もしかしたら、殺しちゃうかもしれない。無理だ。無理だ。どうしても無理だ。

「やりましょう。おれも手伝います」

背後で声がした。

若い声だ。

振り向き、真緑は軽く口を開けた。

五　新米教師、豚の去勢に挑戦する

「松田くん！」

思わず語尾が跳ね上がった。

豚舎の戸口に、松田実里がいたのだ。

「翠川先生、ごぶさたです」

実里が軽く会釈する。また、一段と背が伸びたようだ。

初めて出会ったとき、実里はまだ喜多川農林の生徒だった。兎鍋村で道に迷い、最終バスに乗り遅れかけた真緑を助けてくれた。自転車の荷台に乗せてバス停まで送ってくれたばかりか、今、まさに停留所を行き過ぎようとするバスを大声で止めてくれた。そのときは、名前を尋ねる余裕もなく別れてしまった。それは小さな悔いになって、いつまでも真緑の心に突き刺さっていた。

国立大学の農学部の学生になっていた実里と再会したのは、去年の夏、祭の夜だ。

あの自転車の少年が松田実里という名であること、喜多川農林の卒業生であること、いずれは故郷兎鍋村に帰ってきて農業で暮らしていくと決めていること、そんな諸々を知った。そして、ずっと心に刺さっていた悔いを抜くことができた。遅ればせながら、やっと感謝を伝えられたのだ。

その後も、秋の『穀菽祭(こくしゅくさい)』で顔を合わせた。

『穀菽祭』は収穫祭と文化祭と物品販売を一緒にした、喜多川農林最大のイベントだった。園芸・栽培科の先輩である実里は、野菜、花卉類販売の手伝いにきていた。祭も学校イベントもボランティアでの参加だ。初対面のときも、行きずりの真緑を迷うことなく自転車の後ろに乗せてくれた。

優しく、義理堅く、誠実な人柄なのだろう。

生き辛いだろうな。

実里のことを思い出す度に、真緑はそんなことをちらっと考えてしまう。ほんとうに、ちらっとだけれど。

今の時代、優しいことも義理堅いことも誠実なことも、辛い。いろんな傷を負うことになる。

他人に騙(だま)され、利用され、搾(しぼ)り取られる。

優しくあれ、誠実であれと大人たちは教えるけれど、それは建前に過ぎない。そういう大人たちが、他人を騙し利用し搾取する。「騙される方が悪いのだ」とうそぶく。優しい人が最後の最後には、勝者になり、宝物を手に入れ、幸福になる。そんなことはめったにない。現実は昔話とは明らかに違う。真緑も不器用で、要領が悪く、でもできるだけ誠実に真摯に他人と接するように心がけてきた。母親からそういう風に育てられてきたからだ。母の育て方は正しい。けれど偏っている。優しいだけでは辛い。誠実なだけでは傷付く。優しさと誠実さを持ち続けるためには強さが、ときには狡さと紙一重の強さが必要になる。

実里はそこに気が付いているだろうか。

真緑の胸内が騒ぐ。

実里のことを考えると、妙にざわめくのだ。

傷付いて欲しくないな。

祈るように思ってしまう。

その実里が目の前に立っていた。

「ま、松田くん。どうしてここに」

「豚の世話や畑の手伝いに、時々帰ってくるんです」

「へ、帰るって？」

「あ、ここ、祖母の家なんで」

「ええっ」

驚いた。驚きすぎてのけぞった拍子に足が滑って、転びそうになった。後ろにいた健斗と竹哉が同時に手を差し出し、背中を支えてくれた。ぴたりと息の合った動作だ。二人が手を出してくれなかったら、豚舎の床に尻もちをついていたかもしれない。危うく鶏舎のときと同じ醜態をさらすところだった。

のけぞったはずみに転びそうになるのも、十分醜態だよ。

ここに二〇一号がいたら、確実にそう皮肉るだろう。いなくてよかった。学校外まで顔を出されたら、たまらない。

「まあまあ、おかしい」

笹原さんが身体を震わせた。

「ほんま、実里から聞いていたとおりの先生やねえ。おもしろくて、かわいいがね」

「へえ、松田先輩、グリーン・グリーンのことを〝おもしろくて、かわいい人〟だって言うとるんですね」

竹哉がにやっと笑った。

「いやあ、もしかしたら『むっちゃかわいくて、見ているだけで胸がきゅんきゅんする。絶対、おれのタイプや』ぐらいは言うとるんやないかあ」

健斗がこぶしで胸を叩いた。

「馬鹿、先輩をからかうなんて十年早い」

実里が二人の頭を軽く小突く。

「それに、何だ。胸きゅんきゅんって。おまえら古すぎ。それ、すでに死語やからな。現役高校生が使うなんて、恥ずかし過ぎるで」

「おほっ」

竹哉が唇を窄めた。

「松田先輩、余裕しゃくしゃくの態度やないですか。前みたいに慌てないんじゃ」

「ほんまやな。つまらん」

健斗もよく似た表情を作る。

「グリーン・グリーンぐらい派手なリアクションしてくれたら、おもろいのにな」

「ちょっと、二人ともいいかげんにしなさいよ。調子にのって。担任を何だと思ってんの」

「うわっ、グリーン・グリーンの方がおっかないや。せっかく、かわいいって言われとるのに、そんな顔したらだいなしになるで」

「生方くん、レポート枚数増やすわよ。夏休みの課題も特別編を出してあげるからね。たっぷりと」

一瞬、竹哉が真顔になった。

「横暴だ。そういうの、職権濫用って言うんやぞ」

「職権だろうが食事券だろうが、調子に乗り過ぎてる生徒たちには何でも濫用します。覚悟しときなさい」

「まっ」

笹原さんが、また噴き出した。

「いや、ほんまにおもしろい。見てたら飽きんわねえ」

「だろ、お祖母ちゃん」

実里が片目をつぶる。

おや？　と思った。

竹哉ではないが、実里の態度には余裕があった。後輩たちの些(いささ)か軽はずみな言動を受け流して、平静でいられる。

余裕だ。大人の余裕だった。実里はいつ、それを身に付けたのだろう。

実里の視線が真緑に向けられた。

「小路先生から聞いとらんかったんですね。ここ、おれの母親の実家になるんです」

「何も聞いてなかったです」

真緑は軽く唇を嚙む。

実里に比べて、自分の醜態はどうだろう。驚いて、足を滑らせて、転びそうになって、生徒に支えてもらって等々、どう考えても大人の、教師の姿ではない。「あら、松田くん。どうしてここに?」と小首を傾げるとか、「笹原さんがお祖母さま? まあ、驚いた」とにっこり笑うとか、それくらいの態度を見せねばならなかったのだ。それが、驚いて、足を滑らせて、転びそうになって等々、なのだ。

情けない。

真緑の表情をどう勘違いしたのか、小路が大きな身体を縮めた。

「翠川先生、すんません。別に隠すつもりはなかったんじゃけど、タイミングが合わなんだというか、つい、話しそびれてしもうて。いや、別に翠川先生の驚いた顔を見て喜ぼうとか、びっくりさせてやろうとか、そういうつもりは全くなかったんです」

「いいえ、わたしが勝手に驚いただけですから」

真緑も肩を窄める。

「じゃ、始めましょうか」

実里が軍手をはめる。ケージから、一頭の子豚を抱き上げた。身に着けた紺色の作業服が、長身をさらに際立たせている。一つ一つの動きが落ち着いて、確かだった。

「おれが保定します。翠川先生は去勢作業を始めてください」

「は、はい」

ここまで来たら後には引けない。

真緑は唾を呑み込んだ。

マスクと軍手を着け、呼吸を整える。

実里は子豚を逆さにして、両足で挟んだ。後ろ脚を大きく開かせる。「ぶひっ」と子豚が鳴いた。しかし、しっかり固定されているのか、ほとんど動きはない。

「まず、消毒」

「はい」

消毒液で子豚の陰嚢を拭く。

「次、切開」

「は、はい」

剃刀を握る。

うぅっ、震えるな、指先。がんばれ、あたし。

「睾丸を押し出して、ニッパーで切除」

「はい」

うまく押し出せない。生徒たちは滑らかに作業していたのに。

ぶひっ、ぶひっ。

子豚が鳴く。こころなしか、さっきより苦しそうだ。

急がなくちゃ。ちょっとでも負担を軽くしないと。あたしの責任だ。あたしの……。

「慌てない。ゆっくりでいいです」

「はい」

「そう、それ。軽く引っ張って」

睾丸を真緑は何とか、摘み出せた。

「よし、切除」

「はい」

ニッパーを動かす。指の震えは止まっていた。

実里の誘導に従い、作業はスムーズに進んだ。

拍手が起こる。

「はい、完了」

実里が子豚をケージに返す。子豚は跳ねるように駆け、他の子豚たちに紛れた。

ほうっ。息が漏れた。


その夜、久々に加南子と話をした。真緑から連絡したのだ。

「母さん、あたしね、今日、子豚の去勢したの」

母に告げる。驚くかと思ったのに、加南子は「ふーん」と言ったきりだった。

「去勢よ、去勢、すごいと思わない」

「別に」の一言の後、ややあって
「豚の去勢ってどうやるの」と加南子は尋ねてきた。ざっと説明する。

「ニッパーでねえ。それ、おもしろいの」

「おもしろいとかじゃないけど、未知の世界って感じはする。母さん、ここは未知でいっぱいだよ」

「ふーん」

また気のない返事があった。

「あんたヨガのポーズ知ってる？」

「え？」

「知らないでしょ、着物の縫い方も知らないよね。梅干しの作り方も、お粥の炊き方も知らないでしょ」

「母さん、何の話をしてんの？」

「未知なんて、どこにでもあるってこと。手紙にも書いたけど、わたし、今、和裁とヨガの教室に通ってるの。未知だらけよ」

そこで加南子は小さく笑った。

「知らないことを知って興奮してるのはあんただけじゃないの」

「別に興奮してるわけじゃないよ」

「ふふん。まあ、豚の去勢なんて誰でも経験できることじゃないわねえ。でも、わたしはそんなことのために、あんたを育てたんじゃないけどね」

加南子らしい皮肉な物言いだった。以前なら、苛立ちの因だった母の口調がさほど気にならない。「もう、母さんらしいね」と笑う余裕さえあった。

「白菜、美味しかったなあ」

不意に加南子が吐息を零（こぼ）した。

「あれからスーパーの白菜食べられなくなっちゃった。また送ってよ」

「冬になったらね」

「娘じゃなくて白菜を待つようになるなんてねえ。これも未知の心境よ」

スマホの向こうでチャイムが鳴った。

「あ、来た来た。これからヨガに行くの。お迎えが来たわ。じゃあね」

「うんじゃあね」

通話が切れる。玄関へと走る母の姿が目に浮かぶ。どうしてだか、おかしくてスマホを握ったまま真緑は笑ってしまった。


夕陽がすごい。

いつもすごいけれど、今日はさらにすごい。

空全体が焼けて、染まっている。その染まり具合がすごいのだ。

赤、紅、赤紫、臙脂（えんじ）、橙（だいだい）、茜（あかね）、朱（しゅ）、緋（ひ）……。赤系の色見本のようだ。空が幾つもの、微妙に色合いの違う赤い層に分かれ、そこに薄い雲が横たわる。

その雲も様々な赤色を纏（まと）い、縁を金色に輝かせたりしている。

桃源郷の空とはこういうものだろうか。

軽自動車のハンドルを握りながら、真緑は兎鍋の空に見惚（みほ）れてしまう。そのせいで、気付くのが遅れた。

車の前に、黒い影が飛び出したのだ。

「きゃっ」

慌ててブレーキを踏み、とっさにハンドルを回す。がくがくと車体が揺れた。突き上げるような衝撃がきて、鈍い音と共に車が止まる。真緑は大きく息を吐いた。

顔を上げると、鹿と目が合った。

えっ、鹿？

鹿だった。小鹿だ。中型犬ほどの大きさで、体に白い斑が目立つ。真っ黒の大きな目をしていた。〝つぶら〟というのは、こういう目のことだろう。

小鹿は軽く頭を振って、片目をつぶった。

は？　ウ、ウィンク？

鹿がウィンクした？　まさか。

道に降り立ち眼鏡を押し上げた。ほぼ同時に、小鹿が見事な跳躍を見せて、藪の中に姿を消す。後は真緑と脱輪した車だけが残された。

そう、車は道路の溝に左の前輪を落としていた。溝の横はすぐに急な斜面になっていて、小さな水田が階段状に続いている。棚田だ。

真緑は全く知らなかったが、兎鍋はかつて、『日本の美しい棚田百選』にも選ばれたことがある美観(びかん)の村だったのだ。しかし、美観というのはあくまで外側からの視点にすぎない。狭くて小さくて田植えも稲刈りも全て人の手作業によるしかなく、苦労のわりに生産性があがらない棚田は農家にとって、けっこうな重荷となる。

農業従事者の高齢化は止まらず、労働力が必要な棚田はしだいに放棄(ほうき)され、今ではほんの一部を残すだけになった。もっとも、放棄地や休耕田(きゅうこうでん)に変わった田んぼは、棚田に限らない。後継者のいない農家では、担い手がいなくなると田畑を維持できなくなる。人の手が入らない田畑は、すぐに雑草の生い茂る荒野になる。同時に、山の管理、世話をする者も減り続ける昨今、山も荒れ、山菜や茸(きのこ)を豊富に供給してくれた里山が消えつつある。

藤内さんは、

「昔は、山があって裾(すそ)には里山があって、そこから人家や田畑が広がっとったもんです。山の濃い緑と里山の薄緑、それから田んぼや畑の明るい緑と、緑にちゃんとグラデーションがかかっとったんですよなあ。それが、今は崩れてしもうて、里山がなくなってしもうて、田畑がなくなってしもうて。風景が変わってしもうたんですが。風景が変わるっちゅうのは、人の暮らしが変わるっちゅうことなんですけどなあ」

と、せつなげにため息を吐く。

外からの視点しかもたない真緑は、黙っているより他はなかった。でも、一年以上、兎鍋で暮らしてみて、ほんの少しだが藤内さんのため息の意味がわかるようになった。荒れ果て、雑草に覆われた場所がかつて水田や畑だったたと思えば胸が痛む。しかし、今、真緑の眼下には見事な棚田が広がっていた。これからの季節、苗は日の光をたっぷり浴びて、ぐんぐん伸びていく。

数年前から藤内さんたち若者（高齢化の進む兎鍋では、四十代、五十代はまだまだ若者の部類だ。三十代の真弓さんなんか、いまだに〝若嫁さん〟なのだ）を中心に、棚田を復活させる活動が始まり、ほんの一部だが景観が戻ってきた。

人の想いや営みに拘わらず、自然は今、成長の真っただ中だ。全てが伸び、繁り、育っていく。喜多川に赴任して兎鍋で暮らすようになって、真緑は植物の旺盛な生命力に何度も驚かされた。生命力なんてものが、草や木や花に宿るなんて、考えたこともなかったのだ。

朝日山の担当する花卉類のビニールハウスの中に、校内に広がる野菜畑に、何より、兎鍋村を囲む山々や田畑に満ちる力、こちらにどんとぶつかって突き上げてくる、そんな力だ。

それが旬ってやつじゃないか。

二〇一号に言われた。

旬ってのは、どういう意味か、あんた知ってんのかい。

と、問われ横目で睨まれて、真緑は一瞬、返答に詰まった。いつものことだが、二〇一号が横睨みすると、ものすごく意地悪い表情になる。いつも意地悪なのだが、輪をかけて意地悪く見えるのだ。

「わたしはね、国語の教師よ。言葉の意味を知らないでどうすんのよ」

真緑の精一杯の強がりを二〇一号は、豚鼻の先で嗤う。

じゃ、言ってごらん。

「そ、そりゃあ……。旬ってのはね、魚介や野菜、果物なんかがよく採れて、栄養価も味も一番いいときってことでしょ。転じて、物事を行うのに最も適した時期って意味にも使います」

ふん。

また鼻で嗤われた。

まったくね、教科書通りの答えだねえ。そういう型通りの受け答えしかできないようじゃ、さぞかし退屈な授業をやってんだろう。生徒たちがお気の毒だよ。ぶふふ。

「まっ、しっ失礼な。これでも、以前に比べたら、授業の進め方、上手くなったんだからね」

午後の授業の、生徒たちの眠そうな顔が浮かぶ。無理やりそれを振り払い、胸を張った。明らかな空威張りのポーズだ。

二〇一号の目がすうっと細くなる。ますます意地悪度が増す。真緑の虚勢など、あっさり見破っている眼つきだ。

授業ってのは、上手く進めるんじゃなくて、魅力的に進めなくちゃいけないんだろ。豚にわかってることが、現役教師にわかってないって、こりゃあちょっと痛いねえ。ぷふふふふふ。

「うっぐ……」

旬ってのは、命の盛りってことさ。人間の側からだと味だの栄養価だのって、こざかしい見方しかできないけどね。花や野菜からすりゃあ若さの真っただ中、生命の放出エネルギー最大限ってときなんだよ。

「放出エネルギー？　そんなにすごい話なの」

すごい話なんだよ。そのすごいところを感じもせずに、『やっぱり旬のお野菜って美味しゅうございますわねえ、奥さま』『ほんとですわ。でも、うちの主人たら旬の物しか食べませんのよ。それも産地直送でないと気に入らなくて、困り者でしょう』『あら、うちのは、初がつくものが好きで、初鰹なんか目がありませんの。まあ十三代続く江戸っ子の家系ですからねえ。しかたないかしら、おほほほ』『おほほ、十三代ってすごうございますこと。でも、江戸っ子って、わりに庶民でいらっしゃるのね。おほほほ』なんて、筋違いの会話をしてるから、人間って駄目なんだよ。

「いや、待って。それ、誰と誰の会話よ。今時、そんな、おほほ会話してる人たちがいるの？　あんたこそ、人間の見方がパターン化してるじゃないの」

ふん。

真緑にやり返されたのが気に食わなかったのか、図星を指されたと思ったのか、クローバーの花を食べるのに飽きたのか、二〇一号はもう一度鼻を鳴らし、お尻を揺すって去っていった。

二〇一号の言葉はいちいち癇に障る。癇に障るけれど、納得もしてしまう。そうだ、植物の旬は見ごろ、食べごろの意味じゃなかった。それは、人間からの一方的な見方に過ぎないのだ。指摘されるまで、考えもしなかった。

生命の放出エネルギー。

耳慣れない言葉だったけれど、今、夕暮れの風景の中で実感できる。生々しく感じとれる。どんとぶつかって、突き上げてくる力の……。

「あんた、こんなとこで何をしとるね」

低い声が背後から響いた。

「へっ？」

振り向く。

背の高い、痩せた老人が立っていた。

見覚えがある。

藤内さんのお花見で顔を合わせたイケハタさんだ。

「あ……イケハタさん」

「はぁ？」

「ど、どうも。お久しぶりです」

「あ、いえ、あの……、わ、わたし翠川真緑と申しまして、あの、藤内さんのところで、一度、お目にかかった……」

「覚えとるよ。引っ越してきたくせに、近所周りにきちんと挨拶にも来ない人やったね」

「あ、す、すいません。あの、と、藤内さんに連れられて一度はご挨拶に伺ったんですけれど、イケハタさん、いらっしゃらなくて」

「その話は、本家の嫁から聞いた。あんた、一度や二度、留守やったからて、それでおしまいにするってのは、ちょっと道理が通らんて思わんの」

道理を持ち出すほど、大層な問題なのだろうか。留守用の挨拶状と土産代わりの手拭い（てぬぐい）は郵便受けに入れておいたのだ。

「それにうちも藤内じゃからね。イケハタって苗字じゃないからね」

「え？　あ、そ、そうでした。すみません、藤内さん」

「イケハタで構わんけど。本家とごっちゃにされるのは、好かん」

イケハタさんがさも嫌そうに、眉を顰めた。

「ほんまにね、このごろの若い者は、年上への物の言い方ってのを知らんから困るで。どういう教育を受けてきたんかねえ」

うわっ、やっぱり似てる。

真緑はそっと肩を窄めた。

この口調、二〇一号にそっくりだ。

「で、あんた、何をしてるの？　道の真ん中にぼけっと立って。立っとるのはええけど、車を溝の中に突っ込んでどないするんよ。こんなことしたら水がせき止められて、田んぼに回らんようなるが。えらい、迷惑や。はよ、除けて」

「あ、すみません。で、でも、脱輪しちゃって。わたし一人の力じゃどうにもならないんです」

「こんな、ろくに車も人も通らんような道で脱輪？　あんた、よそ見運転でもしとったの」

「いえ、あの、鹿が飛び出してきて。こっちの田んぼのあぜ道から、あっちの藪へぴょんぴょんて感じで。ぶつかるって思って、慌てたもんですから……」

「溝に落ちたって？」

「そうなんです」

「あんた教師やろ」

　イケハタさんの眼つきが尖る。

「は、はい。喜多川農林で国語を教えてます」

「そんなにぼけっとして、勤まるんかいな。教師っちゅうのは、もっときりっとして、冷静で、周りがちゃんと見えとらんとやってけん職業やで」

　う、厳しい。でも、確かにその通りだ。そういえば、藤内さんが、イケハタさんは喜多川農林の教師だったと言ってなかったか。

イケハタさんがぷいと横を向く。口元が歪んでいた。とびっきり苦い薬を呑み込んだ直後みたいだ。少し、苦し気なようにも、悲し気なようにも見えた。錯覚だろうか。

「まったく、ますます調子に乗ってから」

横を向いたまま、イケハタさんは呟く。

「は？　わたしですか。そんな調子に乗ったわけじゃ」

「鹿や」

「鹿？」

「どうせ、畑の野菜を狙うて出てきたんやろ。まだ、日が明るいうちから、人里へ出てくるようなことはなかったのに。ほんま、あいつら猟師がおらんようになったってわかっとんよ。怖いものなしやって、大きな顔してうろついて。行政も予算がどうのなんて悠長なこと言うてないで、害獣駆除に本腰入れてもらわんと、そのうち、田畑がまるはげになってしまうで」

「鹿って、害獣なんですか」

「当たり前やろ。あいつらが、どんだけ田んぼや畑、荒らしてると思うとるの。鹿がかわいいの、殺したら可哀そうだの言うてるのは、田畑の心配をせんでええ都会者だけや」

投げつけるように、そう言うと、イケハタさんは真緑に向かって顎をしゃくった。

「どうするんよ」

「はい？　し、鹿ですか。すみません。害獣だなんて考えたこと、あまりなくて……。猪被害については聞いてたんですけど」

イケハタさんの眉間に皺が寄る。もともと、三本、皺が刻まれていたのだが、それがさらに深くなった。

「誰が鹿の話なんかしとる。あんたに害獣対策について尋ねても詮無いだけやないの」

「あ、まあ、確かに」

「車や。この車、どうするんよ。このままじゃ、ほんまに田んぼに水が回らんようになるよ」

「やっ、そ、それは困ります。あ、どうしよう。ＪＡＦを呼ばないといけないかしら。でも、いつ来てくれるか……」

「日が暮れん間に、なんとかしとかんと。夜になったら、鹿だけじゃのうて猪や狐、狸が出てくるで。熊もおるしな」

「ひえっ熊が」

熊は嫌だ。猪も嫌だ。豚とは浅からぬ縁ができたけれど、猪や熊にはあまり近づきたくない。

「そういやあ、あんた、昨日、サコちゃんとこに行ったんやてな」

「サコちゃん？」

「豚の去勢、しよったんやろ」

「ああ……はい、笹原さんのところにお邪魔しました。あ、笹原さん、サコちゃんてお名前なんですか。もしかして、イケハタさん、幼馴染(おさななじみ)とかですか」

ふん。

イケハタさんが鼻から息を吐く。こういうところも二〇一号に似ている。息を吐いただけで、イケハタさんは違うともそうだとも返事をしなかった。

ぶひっ、ぶひっ。

ふっと、子豚の鳴き声がよみがえる。

慌てない。ゆっくりでいいです。

実里の落ち着いた、静かな声音もよみがえる。真緑の後に、健斗も竹哉、祐二も子豚の去勢作業に挑戦し、真緑よりよほど手際よくやってのけたのだ。

生徒たちと一緒にいったん喜多川農林に帰り、あれやこれや山積みの仕事を片付けた。教師は忙しい。次から次へと仕事が湧いてくる。ふっと思いたって、豚舎を覗いてみたのは、今日の夕方だった。昨日のことを二〇一号に報告する……つもりではなく、なんとなく顔が見たかっただけだ。

二〇一号は意地悪なオバサンじゃなくて、中年のオジサンだと知った。

性別に拘るわけではないが、気持ちを新たにして、あの意地悪で偏屈で生意気で、掴みどころがなくて妙に哲学的で知的な豚を眺めてみたい。

そんな気持ちに、つい、足が豚舎に向いたのだ。

二〇一号はいなかった。

いつもの気儘な散歩に出かけているらしい。

真緑はそのまま、愛車に乗り込み帰途についたのだ。そして、夕焼けに見惚れ、小鹿に驚き、脱輪した。

白い小さな軽自動車が夕暮れの光にうっすらと紅い。困り果てて蹲っているみたいだ。

空はゆっくりと暗みを増している。兎鍋の夜が始まろうとしている。街灯のないこの辺りは、漆黒の闇に包まれてしまう。

「まあ、自分でやっちゃあことだけんね。自分で何とかするしかないっちゃあねえ。

ほな、ごゆっくり」

イケハタさんが真緑の横を通り過ぎる。通り過ぎて足を止め、振り向いた。

「あんた、藤内の本家に助けてもらうつもりかや」

「は、はい」

まさに、藤内さんに連絡しようとスマホを取り出したところだった。思わず薄桃色のモバイルを握りしめてしまった。

「情けな」

「はい？」

「あんた、若い女子（おなご）じゃろが」

「はあ、まあ……まだ、若いうちだと思います」

少なくとも、イケハタさんに比べれば、かなり若い。

「困ったときに助けてくれる相手、おらんのかね」

「え？　いや、ですから藤内さんに……」

「あほっ、男やが」

「男？」

「恋人や。こういうときに駆けつけて助けてくれる恋人、一人もおらんのんかいな」

窮地(きゅうち)には必ず現れ、助け出してくれる恋人、というわけか。

真緑は噴き出しそうになる口元を辛うじて引き締めた。

あまりに乙女チックすぎる。

今時、助けを求めるだけのか弱い姫も姫を守るだけが役目の騎士もいない。たくましい女もか弱い男もたくさんいるのだ。

「まあ、いそうにないな」

イケハタさんの視線が、真緑の全身をなでる。

「は？　あのそれ、どういう意味ですか」

「まんまや。恋人がいるようには、とうてい見えん。恋をしとる女っちゅうのは、隠しても隠し切れん艶が滲むもんや。潤(うるお)いがあって、かさかさしとらん」

さすがにこれには、むっときた。

「それは、わたしに艶がないって意味ですか。かさかさしてるって意味ですか」

「そうや。他に意味はないで」

「イケハタさん、ちょっとそれはいくら何でも失礼じゃないですか。かさかさだなんて、枯れた葉っぱじゃあるまいし」

そうだ、失礼だ。無礼だ。

艶っぽくないことは、自分が一番よくわかっている。でも、自分でわかっていることでも、いや、わかっているからこそ他人にあからさまに指摘されれば腹が立つ。ずけずけ、人の弱みに踏み込んでくるなんて失礼だ。無礼だ。

ふん。何度目になるのか、イケハタさんがまたまた鼻を鳴らした。

「ほなら、いるんかい」

「は……」

「恋人や。あんた、おるんかい」

「そ、それは……今はいません」

「昔はおったんかい」

「いました」

どうしてか、胸を反らしてしまった。別に威張ることじゃない。少し、恥ずかしくなる。

「そうか。蓼食う虫も何とやらやな。ははは。まあ、せいぜい、がんばりぃ。うちは忙しいで帰るわ」

手を振って、イケハタさんは遠ざかっていった。もう、振り向かなかった。

何よ、あれ。ほんとに、とことん嫌味な人。二〇一号の方が話が通じるだけ、ずっとマシじゃないの。

イケハタさんが去った方角に向かい、舌を出してみる。

舌の先がひやりと冷たい。

足元からも冷気が這い上ってくる。日が落ちてしまうと、空気は熱を失い一気に冷えていくのだ。

こんなところでぐずぐずしていたら、熊や猪に遭う前に風邪をひいてしまう。

真緑はスマホを見詰めた。

「助けてくれる恋人か……」

恋人でなくても、助け合える関係は貴重だ。一方的でなく偏りなく、助け合える。いいなあと思う。ただ、今は一方的に助けを求めるしかない。

誰に？

藤内さんに？　連絡すれば、藤内さんなら飛んできてくれるだろう。「あぁあ、やっちまったね」なんて笑いながら、車を引き上げてくれるだろう。でも……。

真緑は大きく息を吐き出した。

それが合図だったかのように、スマホが鳴った。

タララタララ、タラララ

タラララ、タラララ

画面に浮かんだ発信者を確かめ、今度は息を吸い込む。喉の奥が、こくっと音を立てた。

「……はい」

「あ、真緑先生、松田です」

実里の若い声が耳に滑り込んでくる。僅かに身震いしていた。

「すみません。スマホにまで」

「ううん。わたしも連絡したかったの」

「えっ、おれにですか？」

息を呑む気配が伝わってきた。

「あ、おれは、あの……たいした用事じゃなくて、あの……昨日久しぶりに逢えたので、それでつい……」

もう一度、今度は息を呑む音が確かに聞こえた。

「真緑先生。おれに連絡って、あの……」

「松田くん」

「はい」

「助けてください」

「え？」

「脱輪しちゃったの。田んぼの傍で、動けずにいるの」

真緑は手短に、自分の居場所と状況を伝えた。

「わかりました。すぐに行きます。待っていてください」

「お願いします」

実里との通話が切れた。真緑は両手でそっと、スマホを包み込む。

本当だろうか？

脱輪した愛車にもたれかかり、自問する。

真緑、あんた、本当に松田くんに助けを求めるつもりだったの？

どうだろう。

こんなとき助けてくれる恋人……。

頭を左右に振る。ちょっとくらくらした。

松田くんは、まだ学生よ。わたしより四つも年下で、まだ社会人でもなくて、まだ学生で、四つも年下で学生で……。

思考が同じところをぐるぐる回ってしまう。

真緑は目を閉じた。

冷えていく大気と大地の仄かな温かさを感じる。少し、せつなかった。胸の奥が疼く。どうしてせつないのか、どうして疼くのか、よくわからない。

まるで思春期に逆戻りした気分だ。

自分の内側も外側もわからないことだらけで、それが不安であり希望だった。胸の奥は疼いたり、昂（たかぶ）ったり、沈み込んだり、とうとつに変化して、ときには息さえ詰まるようだった。

何者でもない自分、何者かになれる自分、何者にもなれないかもしれない自分、何者が何なのかまるでわかっていない自分、いろんな自分がごちゃ混ぜになって、他人より遠いようにも感じた。

自分がわからない。

やだ、あたし、まだ青春してるわけ？

頰に手をやる。火照っていた。

あたし、松田くんを……。

ぶひっ。

え？　ぶひって？

目を開ける。

子豚がいた。数メートル先の道の真ん中に座っている。

「ええっ、豚？」

いや、違う。豚じゃない。豚にしては、体に毛が生えている。豚はもっと滑々している。こんな縞模様はない。

猪！

真緑は唾を呑み込んだ。

猪だ。今度は猪の子が現れた。生まれて間もない子なのだろう。体には縦縞がうっすらとついている。瓜坊という異名の由来となった縞だ。

「野生動物の保育園でもあるわけ」

独り言を口にして、ちょっと笑えた。幼いころのお気に入りの絵本を思い出したのだ。

『おやまのほいくえん』という絵本だった。くまの園長先生がいる〝おやまほいくえん〟に、いろんな動物の子どもたちがやってくる。

しかのしろうくん、さるのももこちゃん、りすのいっぺいくん、いのししのみつるくんとはなちゃん、ねずみのくりすけくん、ももんがのあいちゃんが、子どもらしい小さな冒険や失敗を繰り返すシリーズで、大好きだった。

みつるくんとはなちゃんは双子だったはずだ。

ぶひっ。

瓜坊がまた鳴いた。

豚の「ぶひっ」より低い。迫力があって、猛々しい。チビのくせに頭を下げ、こちらを威嚇する。

獣の気配が全身から放たれる。

背筋が冷たくなる。

猪は獣だ。みつるくんやはなちゃんではない。家畜でもない。危険で獰猛な生き物なのだ。それに……。

子がいるということは、近くに親がいる可能性が高いはずだ。

「うらが親父は山に入ったとき、シシに腹ぁ抉られて死んだ」

この前の花見のとき、そんな話を耳にした。夜なのに麦藁帽子を被ったお爺さん(八十歳ぐらいに見えた)が、ビールのコップを手にしゃべっていたのだ。そんな声高なわけではなかったが、シシという一言に驚いた。

獅子だと思ったのだ。

獅子、つまり、ライオン？　ライオンに殺された？

「シシって猪のこっちゃからね」

真弓さんがそっと教えてくれた。

「ああ、猪ですか」

「そっ。今はそんなことないけど、昔は年に何人かは猪に殺られとったらしいわ。お腹を抉られんでも、もろにぶつかったら、人の骨なんか砕けてまうからねえ」

ほろ酔いの真弓さんは、そこでくすくす笑った。

「じゃから、先生。鶏なんかかわいいもんやないの。こんなのに、びびっとったら田舎暮らしは無理やで。うふふふふ」

「おい、真弓。先生は鶏にびびっとるわけやないで。鶏をさばくのにちょっと……上手くいかなんだだけやぞ」

藤内さんが真弓さんの腕を引っ張る。

「あ、ごめんなさい。うち、酔うと口が軽うなってしもうて。先生、気にせんかてええからね。鶏の解体中に気絶したなんて、そんなん恥ずかしゅうないから。ちょっと、情けないけど恥ずかしゅうないよ。あはははは」

酔うと真弓さんは、口軽くかつ陽気になる。いつも陽気だが、さらに陽気になる。

あはあはと笑いながら、真緑は何度も背中を叩かれた。そのときは、真弓さんの「情けないけど」が突き刺さって、麦藁お爺さんの物騒な一言は、跡形もなく掻き消えてしまった。それなのに、今、妙にはっきりと響いてくる。

「うらが親父は山に入ったとき、シシに腹ぁ抉られて死んだ」

さっきよりさらに強く、背筋が凍る。

「いや、まっ、待ってね。待って、落ち着いて。あたしは何にもしないから。ほら、何にも持ってないでしょ」

真緑は両手を広げ、後退る。そのまま、車の後部座席に飛び込んだ。一先ず、胸をなで下ろす。いくら猪でも、車にぶつかってはこないだろう。

座席からそっと首を伸ばす。

何もいなかった。

猪はおろか、生き物の姿は見当たらない。藪の周りを小さな蝶々が数匹、飛び交っているだけだ。それも、間もなく闇に紛れてしまうだろう。

ほっ。安堵の息が漏れた。

鹿に驚いて溝に落っこち、瓜坊に怖気づいて車に逃げ込む。

これも情けないといえば、情けない。情けないばかり、情けないの大安売りだ。ここでの暮らしは、真緑に自分の情けなさを突き付けてくる。容赦なく。

それでも、逃げ出そうとは思わない。

意地ではない。好きだからだ。

そう、好きなんだよなあ。

紫から茄子紺へと変わっていく空を見詰める。

そっと目を閉じると、まぶたの裏にも夜間近の空と同じ色が広がった。身体から力を抜く。深く息を吐き出す。

あたし、喜多川が好きで、兎鍋が好きなんだ。今の仕事が好きで、生徒たちが好きで、この光景が好きで、お米が好きで……、鶏だって嫌いじゃない。好きだ。鶏肉、大好き。豚肉も好き。藤内さんに言われるまでもなく、嫌いになったりできない。

だから、がんばる。

情けなくてもがんばる。

こんなに好きなものに囲まれているんだもの、がんばる。がんばれる。絶対に、大丈夫だ。

それだけかい。

「へ？」

好きなものは、それだけかいって聞いたんだよ。

「わわっ、二〇一号。いつの間に！」

二〇一号が横に座っている。人間みたいに腕、いや前脚を組んで、ふんぞり返っている。

「どうして、あんたがここにいるのよ」

ふん。御挨拶だね。おまえさんがあたしを捜してたって、ポーラ・ジャンセンが言ってたからさ、わざわざ来てやったんじゃないか。

「ポ、ポーラジャ……」

ポーラ・ジャンセン。

「誰よ、それ？」

二〇〇号のことさ。あたしたち、豚仲間の内じゃポーラ・ジャンセンって名前で呼ばれてんだ。ま、その豚名が本名だね。

「あんたたち、ちゃんと名前があるんだ」

あたしたちはあるよ。でも、子豚はないね。名前を付ける前に肉になっちまうからさ。あたしたちみたいに生き延びたら、まあ、名前も入用になるからさ。

「……そういうものなの……」

そういうもんさ。ちょっと、また自分勝手な感傷に浸るんじゃないよ。豚には豚の豚生があるんだからね。人間が小賢しい口を挟まないでおくれ。気分が悪くなる。そんなことより、ちゃんと答えな。

「な、何をよ」

チッ。二〇一号が舌打ちした。豚の舌打ちを聞いたのは初めてだ。たいていの人間にとって、初めてだろうが。

どうしてそう頭の巡りが悪いのかね。それとも、わざととぼけている、なんて芸当、あんたにできるわけがないね。やっぱり、頭の巡りが悪い。というか、鈍いんだねえ。ふふふん。あたしは、好きなものはそれだけかって聞いたんだよ。

「それだけって……他にもいっぱいあるわよ」

例えば？

二〇一号の目がすうっと細まっていく。あの、独特の意地悪顔になる。二〇一号の豚名は何だろう。ふっと考えてしまった。

「例えば……どんど鍋だって好きだし、豊福先生や朝日山先生、小路先生も好きだし、藤内さんたちも好きで……」

おやおや、好きの大安売りだね。けど、あんた、隠してるだろ。

「隠してるって、あたしが何を隠してるっての」

一番好きなもの、さ。

「一番好きなもの？」

そうさ。わざと隠してるだろう。自分にも他人にも。

「何言ってるの。ないわよ。隠し事なんか」

じゃあ、言ってみなよ。一番好きなのは誰なんだい。

「えっ、だ、誰って」

早くお言い。じれったいね。あたしは、ぐずぐずしているやつが一番、嫌いなんだ。

「そ、そんなこと言われても」

これ以上、ぐずぐずするなら食っちまうよ。この牙で。まずはその腹を引き裂いてやろうか。

二〇一号の口が大きく開く。牙が生えていた。瞬く間に、全身を焦げ茶色の剛毛が覆う。

「きゃあ、猪」

さあ、どこから食ってあげようかねえ、先生。

「やめて、やめて、こっちに来ないで」

逃げても無駄だよ。ほーれほれほれ、食っちまうよ、先生。

先生、先生、先生。

「先生、先生、真緑先生、しっかりしてください」

「へ……、あ、松田くん……」

実里の顔が間近にある。薄闇の中にくっきりと浮き出している。

「あたし……夢を見て……」

「ええ、うなされてました。大丈夫ですか」

目を閉じたまま、うたた寝してしまったのか。

口が妙に乾いているのは開けたままだったから？　それに、この格好。スカートをはいたまま足を投げ出して、無防備もはなはだしい。あまりにだらしない。

これを松田くんに見られた？

全身がかっと火照った。

「やだっ」

勢いよく起き上がる。頭が身を退(ひ)こうとした実里の顔面を捉えた。ガツンと鈍い音が響いた。とっさに閉じた瞼の裏に、火花が散る。リアルに散る。

赤とかオレンジではなく、白い火の粉が四方に散ったのだ。

「うわっ」

もろに頭突きをくらって、実里が叫び声をあげた。道に転がる。

「きゃあ、松田くん、ごめんなさい。ごめんなさい。しっかりして」

「……だいひょうふれす。だいひょうふ……」

「え？　何て？　きゃあ、鼻血が出てる。ごめんなさい」

ポケットからティシューを取り出そうとして足が縺れた。しゃがみこんだ実里の背中に手をつく。

「いてっ」

「あ、あ、ま、またやっちゃった、ごめんなさい、ほんとにごめんなさい」

手のひらが震える。いや、震えているのは実里の背中だ。真緑の手のひらに実里の震えが伝わってくる。

「松田くん？」

くっくっくっ。くっくっくっ。

「松田くん、笑ってるの？」

指を握り込む。手のひらに伝わったのは震えだけではなかった。引き締まった筋肉の手応えは、確かに若い男のものだった。なぜか、指の先が痺れているようだ。

「……はい……、もう……めちゃくちゃ、おかしくて……」

実里の背中が小刻みに揺れ動く。

「おかしいの？　痛いんじゃなくて？」

「痛いです。でも、それより、おかしゅうて、ほんと、おかしい」

くっくっくっ、くっくっくっくっ。

くっくっくっ、くっくっくっくっ。

実里は笑い続ける。

軽やかで、楽し気な声だ。

「そんなに、おかしかった？」

正直、真緑には実里の笑いが理解できない。

ここ、笑う場面？　怒るか、痛がるか、呆れるかじゃないの？

「真緑先生って、ほんとおもしろい」

笑いを何とか抑え込み、それでもまだ肩を微かに震わせて、実里が言った。

「一緒にいるとずっと楽しいんじゃろな」

「……楽しくなんかないと思う。ドジばっかだもの。何にでも一生懸命になっちゃうし……」

「それ、美点でしょ。何でも全力、何でも一生懸命って」

「一般的にはね。でも、疲れるの。何でも一生懸命で、しかもそれが空回りしちゃうと疲労感、半端ないの。自分だけならいいけど、周りも疲れさせるみたいで……重いって、言われた」

おれ、真緑が少し重くなってる。

昔の恋人に告げられた。

別れの言葉だ。

あのとき、恋人はおれの非力のせいなのだと庇ってくれたけれど、違うだろう。ゆとりがなく、緩みがなく、ブレもなく、何でも一生懸命な女を男は重荷と感じてしまったのだ。

あたしのせいだ。

あたしだけじゃないけれど、あたしのせいでもある。どちらかが一方的に悪いわけじゃなかったのだ。

「それで失恋しちゃった。みごと、振られたの」

笑ってみる。

強がりでも格好をつけたわけでもない。今なら、笑いながらあのときの話ができる。

「でも、まあ、失恋したから、あたし、兎鍋村にきたんだし。人生、何がどこに繋がるかわからないよねえ」

「そうですね」

実里が立ち上がり、ズボンの前を叩いた。鼻の下にこびりついた血を指で拭う。

「その話、いつかじっくり聞かせてもらえませんか」

「あたしの失恋話？」

「真緑先生が兎鍋村に来た経緯です。ずっと、知りたかったんです。いつか……いつかでええから、おれに話してくれますか」

「あ、うん。でも、おもしろくなんかないよ。あたしにとっては一大ショックだったけど、世間的にはざらにある失恋話が発端だから」

決して小説にも漫画にもドラマにもならない、でもリアルな恋の結末だ。

「聞きたいです。ぜひ」

実里が伏せていた顔を上げる。もう、笑ってはいなかった。真面目で硬い表情だった。

「先生が失恋してくれんかったら、今、ここにおることはなかったんでしょ。そしたら、その失恋、おれにとってはすごう、ものすごう幸運だったかもしれん」

「松田くん……」

　実里の視線が横に逸れた。

「でも、今はこの車を助けてやるんが先ですね。えっと……ああ、この程度ならすぐです」

「そうなの」

「ええ、田んぼの溝から出るのってコツがあるんです。ちょっと待っとってくださ い」

　実里は道端に止めてあった自転車から、まな板ほどの板を降ろした。

「これを使えばすぐです」

「それは？」

「万能板って、おれは密かに呼んでます。けっこう、役に立つんですよね、こいつ」

　実里は溝の中に屈みこむと、板をタイヤと土の間に押し込んだ。

「これでよし。先生、キー、貸してください」

「あ、はい」

　キーを渡す。実里は運転席に乗り込むとエンジンをかけた。耳慣れたエンジン音が響く。そして、真緑の軽自動車は、あっさりとバックして道の上に戻った。

「信じられない。まるで、魔法みたい」

運転席から降りてきた実里が首を横に振った。

「だから、コツがあるんです」

「それ教えてもらえる。今度、落ちたら、自分で何とかできるようにしとかなくちゃ」

「いいえ、教えません」

「え？」

「落ちたら、また、連絡してください。助けに来いって連絡をくれたら、どこにおっても飛んできますから」

「松田くん……」

そうだ、お礼を言わなきゃ。助けてくれて、ありがとうって。ほんとに助けてくれたんだもの。感謝を伝えなくちゃいけない。

「ありがとうございました」

「へ？　あ、あの、ちょっと待って。おかしいでしょ。何で松田くんがお礼なんて言うの。それは、あたしでしょ。助けてもらって、ほんとに……」

「嬉しかったです。先生が頼ってくれるなんて思ってもいなかったから、ほんま嬉しかったです」

「松田くん」

真緑は指を握りしめた。

指先はまだ痺れている。

「真緑先生。おれ……」

実里を見上げる。視線が絡む。

真緑は指を握ったまま、半歩、下がった。

実里の頭上には、星の瞬き始めた空が広がっている。

六　新米教師の恋？

　山の日暮れは気短（きみじか）だ。

　一年で最も日が長くなるこの時期でさえ、山の端（は）に太陽が触れると、見えない手によって引きずり込まれたかのようにずるずると沈んでしまう。

「真緑先生」

　薄闇の中で、実里が一歩、それもかなりの大股で近づいてきた。

　真緑は、今度は下がらなかった。

　その場に立ったまま、実里を待つ。

　え？　待ってる？

　あたし、松田くんを待ってるの。待ってたの。

　腕を摑まれた。

　あっと声をあげる前に、抱き締められていた。

思っていたよりずっと広い胸だった。

不思議な匂いがした。

山の木々の匂い、稲刈り直前の田を走る風の匂い、微かな水の匂い、雨に濡れた花の匂い、そして、土だ。耕したばかりの畑の土の匂い。そんなものが入り混じっている。人の匂いではないような気がした。

人でないもの。たとえば、森の精とか、山の神さまとか。

きゃっ、あたし、めちゃくちゃロマンチスト。少し乙女過ぎる。

身を縮める。がちがちに強張っていると感じる。身体が棒のようで、上手く動かない。それでも、何とか顔を上げる。首の後ろが軋む。錆びた蝶番に似た音を立てる……、わけもないが真緑の脳内ではぎいぎいと奇妙な音が鳴っている。

「真緑先生」

実里が屈みこんできた。

え？　あ、ど、どうしよう。こ、こんな展開になるなんて……。

予想していなかった？

ほんとに？　松田くんに助けを求めたとき、もしかしたらって思わなかった？　いや、こうなるのを期待してなかった？

あたしは待っていたんだろうか。

視線を感じた。

実里のではない。間近ではなく、もう少し遠くから、だ。

「うわぁっ」

叫んでしまった。

「え？　えっ、え？」

実里の身体が離れる。隙間を冷たい風が吹き過ぎていった。

「み、見られてる」

「見られてる？」

実里が緩慢（かんまん）な動きで、後ろを向いた。そして、

「は？　鹿かあ」

と、妙に気の抜けた声を出した。

鹿が一頭、道の真ん中に立っていた。首を傾げるようにやや斜めにして、こちらを見ている。闇が濃くなって、はっきりとは見定められないがやや小振りの体だ。

「さっきの鹿、かな」

「先生の車の前に飛びだしたやつですか」

「そう、脱輪の原因になったやつよ。何か似てる。顔がそっくりよ」

「先生、鹿の顔の区別ができるんですか」

「できません」

豚ならできるかもしれないと続けそうになって、慌てて口をつぐんだ。息が詰まって、喉の奥がぐびっと鳴った。その音に応えたわけではないだろうが、不意に鹿が首を下げ、頭を振った。

「松田くん、煎餅よ。あの子、煎餅をねだってるわ」

「いや、先生。それは奈良公園の鹿じゃないですか。このあたりのやつは煎餅なんて欲しがらんでしょう。食ったことないと思うし」

「じゃあ、どうして、あんなに頭を振ってるの」

「さあ、それは……痒いんかなあ」

「え、もしかして、あたしたちに掻けって命令してる？」

「いやあ、いくらなんでも野生の鹿じゃから。人間に命令はせんと思うがなあ」

「わかんないわよ。ウィンクだってできるんだから」

「ウィンク？　鹿がですか？　まさかぁ」

「ほんとよ。ほんとのほんと。さっき、片目をつぶったの。あれは絶対、ウィンクだ

「じゃあ、あいつ雄なんかな。それで、先生の気を引こうとした」

「松田くん、"気を引く"なんて慣用語、よく知ってたね。若い人は使わないでしょ」

「そんなことないですよ。若者がみんなみんな『絶対、無理ゲー』とか『全然、大丈夫』なんて言うとるわけじゃないし。それに、先生だって、まだ若者じゃないですか」

「え？　あたし？　そんな、もう二十代半ばだもの。若者の範疇には入らないよ」

うーんと実里が首を傾げる。さっきの鹿とよく似た仕草だった。

「ばりばり若者じゃないんかもしれんけど……。でも真緑先生って、その……大人の女性の落ち着きと若さが同居してると思います。おれ、そういうところにぐっときたというか、あっいいなあって……」

「また、そんな……松田くん、美化しすぎだよ。それにしても、〝同居する〟の使い方が適切だね。ちゃんと性質の異なる二つのもの、この場合、〝落ち着きと若さ〟だけど、それが一か所に同時に存在することを比喩的に言い表しているわけだから。使い方、間違ってないね」

「はあ……そこを褒めちゃいますか」

実里は長いため息を吐き出した。

「あんたら、アホかいな」

くぐもった響きだけで不機嫌だとわかるほど不機嫌な声がした。

真緑と実里は同時に、振り返る。

それを待っていたかのように（明らかに、待っていたと思う）、ライトが点（とも）った。

かなり強烈だ。

「きゃっ」

「うわっ」

真緑と実里は、やはり同時によろめいて顔を背けた。眩しくて、まともに目を開けていられない。

「道の真ん中で、何をラヴっとるんじゃ」

「わかった、わかったからライトをこっちに向けるの、止めてや。ばあちゃん」

ばあちゃん？　え、この人、笹原さん？

笹原さんの、物静かで優し気な面輪（おもわ）が浮かぶ。

いや、違う。笹原さんはこんな意地悪そうな物言いはしない。これは……。

「止めろって、イケハタのばあちゃん」

そう、イケハタさんだ。藤内だけどイケハタのおばあちゃんだ。

光がすっと動き、足元に落ちた。

真緑は瞬(まばた)きし、軽く目を擦(こす)った。

イケハタさんの長身が、およそ二メートル先にある。

「なるほどな」

イケハタさんが独り合点に頷く。

「あんたの恋人っちゅうのは、実里のことやったんかい」

「ええっ、ちっ、ちっ、違います。そんな、あの、違いますって。変な誤解しないでください」

「誤解なんかいな。へえ、それにしては、えらく親し気な風やったけどな。もろ、ラヴってる雰囲気だったで」

「イケハタさん。あの、ラヴってるというのは日本語としていかがなものかと……」

ふんと、イケハタさんは鼻息を立てた。

あぁ、やっぱり二〇一号に似ている。そっくりだ。だとしたら、この後、かなりの皮肉や嫌味交じりの説教になるかも。

「言葉なんてのは時々刻々変わっていくもんや。日本語としていかがなものでも、日常で使われとるんやったらちゃんと生きとるてことやろが」

「はあ、確かに」

「生きた言葉を使うて何が悪い？　決まりきった言い方しかできん方がよっぽどめんどろごいわな」

「は？　め、めんどろごい？」

　これは新手の若者用語か？

　意味が解らない。ラヴってるくらいなら、何とか理解可能だが、めんどろごいになると、まったく手も足も出ない。

「融通が利かないとか、堅物すぎるとかを表す方言です」

　実里が教えてくれた。

「もっともね、もう古語の部類で、使うのばあちゃん世代ぐらいまでじゃないんかな。おれはばあちゃんがおるけん、耳に馴染んどるけど、今の高校生やったらチンプンカンプンのはずですよ」

「あ、古語なんだ。でも、あのイケハタさんすごいですね」

「はん？」

　イケハタさんの眉がひくひくと二度動いた。しかも、右眉だけ。

「いや、あの、古語も若者言葉も、ついでこの辺りの方言も自在に使えるなんてすごいですよね。幅広いなと思います」

「あほくさ、お上手言うても、うちはごまかされんよ」

「ごまかすって、あたしが何をごまかさなきゃいけないんですか」

「あんた、恋人はおらんて言いよったがね」

「ええ、言いましたよ。言いましたとも、それが何か」

真緑は顎を上げた。

イケハタさんを真正面から見据える。イケハタさんの物言いは、いちいちひっかかってくる。こちらを挑発しているのだろうか。わざと？　何のために？

「けどまあ、若え(わけ)相手をちゃんとキープしとったわけやねえ。あんた、見かけによらず遣(や)り手じゃがね。はは、上手に嘘ついてから、すっかり騙されてしもうたわね」

「まっ」

一瞬、絶句する。その後、猛烈に腹が立ってきた。

「イケハタさん、失礼ですよ。あまりにも失礼です。あたしは嘘なんかついてません。恋人なんて、本当にいませんからね」

「おや、それじゃ、さっきのラヴい雰囲気はなんじゃったんやろかねえ。ほんま、ええ感じやったでな」

「まあ。も、もしかして、ずっと盗み見てたんですか」

「あんた、他人をスパイみたいに言うんやないで。道の真ん中でキスなんかしとったら、誰でも目が行くわいな」

身体が内側から火照る。耳朶まで真っ赤に染まったのを感じた。

「キ、キスって……してません。そんなことしてません。無責任なこと言わないでください」

「へえ、ほぉ。そうがい。でも、しっかり抱き合うてはいたわなあ。恋人同士でなかったら、どういう関係なんかねえ。ただの遊びか」

「あ、あれは、その成り行きです」

口にしてから、心臓が縮まった。

成り行き？　違う、違う。そんなんじゃない。それこそ、ごまかしだ。嘘だ。あたしは自分をごまかしている。欺いている。だって、だって、あたしは教師で年上で……。

背後で実里が身じろぎした。

「成り行き……」

「あ？　いや、そういう意味じゃないの。今のは違うの」

実里が身体を回し、真緑に背を向けた。闇色のマントを羽織ったように見えた。そのまま自転車に飛び乗り、遠ざかる。闇は、あっという間に青年の後ろ姿を呑み込んでしまった。

鹿の姿はもうどこにもない。

「松田くん」

真緑は我知らず指を握り込んでいた。

「怒らせちゃった」

怒らせてしまった。それはそうだろう。実里と二人の時間を成り行きだと言ってしまったのだ。憤（いきどお）って当たり前だ。

取り返しがつかない。

「違うな」

イケハタさんがライトの光を揺らした。

「実里は怒ってなんぞおらんよ」

その口調がどこか柔らかくて、真緑はまた、まじまじと老女の顔を見詰めてしまった。

「怒っちゃあおらん。けど、かなりショックは受けとろうぜ。本気で好いた女子から、成り行きだなんて言われてしもうたんじゃ。自分でもどうしていいかわからんで、あんたの傍にようおらんようになったんじゃないんかね」

イケハタさんは、ライトを真緑の上にさっと滑らせた。

「うちと笹原のサコちゃんは同じ年に兎鍋に嫁にきた。一緒に年取ってきた。実里のことも生まれたときからよう知っとる。一緒に兎鍋に馴染んで、一緒から来たちゃらちゃら女子に弄ばれたりするの、うちは黙って見とれんからね」

真緑は息を吞み込んだ。それから、ゆっくりと吐き出した。

「弄ばれるって……。そんな……、あたしは松田くんを弄んだ覚えなんか、ありません。あたしは、そんな気持ちじゃなくて」

「じゃあ、どんな気持ちがあるんじゃ。本気なんか」

真緑が返事をする前に、イケハタさんは畳みかけてくる。

「実里は本気なんじゃろうで。あの子は遊びで女子と付き合うような性質じゃないでな。あんたは、あの子の本気を受け止める気があるんか。それだけの覚悟があるんかね」

真緑は唇を嚙んだ。

どうして、ここで黙っちゃうの。「あります」と言い切れないの。

覚悟、覚悟、覚悟。

「どうなんよ、言うてみぃな」

「イケハタさんに、何の関係があるんですか」

叫んでいた。

え、これがあたしの声？

自分で驚く。

それほど尖って、荒々しかった。

「あたしとも松田くんとも、赤の他人じゃないですか。何で、口を挟んでくるんです。関係ないでしょ。お節介は止めてください。迷惑です」

口調だけじゃない。言ってることも険しい。白刃のように相手を刺し貫いてしまう。それほどの険しさだ。

「だいたい、イケハタさんがどうしてここにいるんです。わざわざ、引っ掻き回しに来たんですか。だとしたら、いいかげんにしてください。他人のプライベートにずかずか入り込んでくるなんて、最低じゃないですか」

やだ、あたし、何でこんなこと口走ってるの。

止まらない。こんなにひどい言葉が止まらない。

目の奥が熱くなる。その熱が頬に伝わる。口の中がしょっぱくなる。微かな吐き気がせり上がってくる。

「そうかい」

イケハタさんが、顎を上げた。

「ほな、勝手にしな。けど」

皺の中の目がすうっと細くなる。

「実里のこと、これ以上、傷つけたりしたら、うちが許さんからね」

「傷つけるなんて……」

「傷つけたやろ。成り行きなんて一言で、手酷く傷つけた」

「う……」

「あんた、自覚もしてないんかね。そんないいかげんなことじゃ、ラヴどころか、教師の仕事も無理やがね」

イケハタさんは目に見えない糸を払うように、手を振った。

「無理、無理。とうてい勤まらんわ」

言い返そうとしたのに、舌が強張って動かなかった。口の端から息が漏れただけだった。

イケハタさんの背中もすぐに闇に融けてしまう。

もしかしたら……。

と気が付いたのは車の中に乗り込んでからだった。どのくらい夜道に立っていたのか、身体は芯まで冷えて、寒い。

もしかしたらイケハタさんは、あたしを心配して戻ってきてくれたんじゃないだろうか。ライトを持って、様子を見に来てくれたのではないだろうか。

あたし、イケハタさんに何を言った。

松田くんに何をした。

背筋に悪寒が走る。

寒い。寒い。とても寒い。

最低なのは、あたしだ。

ハンドルの上に突っ伏す。身体の震えが止まらない。

真緑は奥歯を嚙み締めて、震えに耐えた。

「翠川先生……、どないしたん」

豊福が覗き込んでくる。覗き込んで、眉を顰めた。

「えらく顔色、悪いで。どっか悪いんと違う？」

「いえ、別に……」

真緑はかぶりを振った。振るたびに、頭の隅が疼いた。

「具合悪いんなら、無理せんとき。今、変な風邪が流行っとるからね。用心せんと」

「大丈夫です」

「大丈夫やないね」

豊福が五本の指を広げ、真緑の鼻先に突き付ける。生命線が長く太く、くっきりと刻まれていた。

「手相学的に言うと、百歳まですごい元気で生きられるらしいんよ。まぁ、わたしがそんなに長生きするとは思えんけど。ほら、美人薄命って言うでしょうが。あはは」

いつだったか、そう言われて返事に窮した覚えがある。一緒に笑えばいいのか、

「そうですね」と相槌をうてばいいのかわからなくて、結局、曖昧な笑みを浮かべただけだった。

「……ああ、相変わらず見事な生命線ですね」

「誰が手相の話をしてるんよ。五回、五回。一、二、三、四、五。ファイブタイムスよ」

「五回？　何がですか」

「翠川先生が、職員会議の間に吐いたため息」

「ため息？　まさか」

「いや、自覚症状なし？　それ、かなり重症やで。昨日、何かあったの」

喜多川農林の職員室は明るい。朝方は特に晴れやかだった。

窓が大きいから。朝の光が存分に差し込んでくるのだ。窓に沿って、ずらりと鉢物の花が飾られ、それが明るさをさらに際立たせる。眩しいほどだ。

冬の間、見事なシクラメンの鉢植えが並んだ。その後はパンジーの寄せ植えだった。今は、これから花盛りを迎える紫陽花たちが、艶やかな花弁を輝かせている。

こんなに明るいと、くすんだものや暗いものは余計、そのくすみを、暗さを浮き立たせてしまうのではないか。いつもは考えもしないことをつい、考えてしまう。

「六回目」

「はい？」

「今、六度目のため息を吐いたで」

豊福が屈みこんでくる。

「もしかして翠川先生。例のあれやないん」

「例のあれって？」

「五月病や。仕事にちょっと慣れてきたときに起こる、まあ一種の病気やね。自信喪失、倦怠感、ホームシック、妙な空回り感。中には発熱や発汗、吐き気や腹痛、頭痛などの身体的症状が出る人もいるとか、いないとか」

「豊福先生、あたし、教師になって一年が経ってます」

「知ってるよ。それが何か」

「五月病って、就職や入学してから一月後の五月に起きるんでしょ」

ちっちっちっ。

豊福は舌を鳴らし、人差し指を左右に振った。

「それは一般社会の話。教師っちゅうのはちょっと特別やからね。なんせ、生身の人間を、それも何十人も束にして相手するわけやから。慣れるまでに相当時間がかかるの。翠川先生も一年間、生徒たちと付き合って、何とか慣れてきたってとこよな。まあ、言うたら悪いけど、鶏舎でぶっ倒れるようじゃまだまだやけどな」

そこで、豊福はせわしなく手を振った。

「ああ、そんな情けない顔せんといて。別に嫌味を言うたわけやないの。事実でしょ、事実」

「先生、きついです。それ、正直、応えます」

「ごめん、ごめん。でも、まあ新人なんてそんなもんやから気にせんとき。だから、まあ、教師ってのは慣れるまでに最低でも一、二年はかかるわけ。ちょっと慣れてきた翠川先生に五月病の症状が出ても、ちっともおかしゅうないんよ」

はははと笑って、豊福は真緑の背中を叩いた。

かなりの力で、かなりの痛さだ。

「さっ生徒が待っとるよ。五月病だろうが空の巣症候群だろうが、授業は待ったなしや。気持ちが沈んどるときこそ、いけいけで授業するの。三日間連続抜き打ちテストとか、一週間連続課外授業とかやってみたらええんよ。行こ、行こ。早くせんとホームルームの時間が無うなってしまうわ」

豊福が足早に、職員室を出て行く。

真緑も教材を手に立ち上がった。

五月病ではない。

でも、自己嫌悪にはどっぷり浸かっている。

昨夜、どうしても実里に連絡する勇気が出なかった。メールで謝ろうかと何度もスマホを手にしたが、結局、一文字も打てなかった。メールで謝って、それでどうなるだろう。

あたしはまた、一番楽で、一番傷つかない方法を選ぼうとしている。松田くんじゃなくて、自分が傷つかないために悩んでいる。

あたしは、こんなにも身勝手で卑怯(ひきょう)な者だったんだ。

身勝手で卑怯で臆病だ。

松田くんからの電話を待っている。

昨日の夕方と同じように、松田くんから連絡してくれるのを待っている。そうしたら、すんなり謝れると、謝って何もかもなかったことにできると考えている。

身勝手で卑怯で臆病だ。姑息(こそく)でもある。

昨夜は一睡もできなかった。

頭は重く、寒気は去らない。

こんなによく晴れた、汗ばむような陽気の中で一人だけ震えているように感じる。

世界の美しい場所から、ことごとく弾き出されたようにも感じる。

「あ、そうだ」

不意に豊福が立ち止まった。真緑も止まろうとしたけれど。間に合わなかった。

「きゃっ」

「うわっ」

後ろからぶつかった真緑が撥ね飛ばされ、廊下に尻餅をつく。

痛い。

一瞬だが、脳天から足の先まで痺れた。

豊福が振り向き、顔を顰める。

「ちょっと、翠川先生。そんなに派手に転ばんといてちょうだい。まるで、こっちが空気パンパンの風船みたいやないの」

ぶつぶつ言いながら、豊福はそれでも腕を引っ張って助け起こしてくれた。

「ほんま、軽いね。翠川先生、もうちょっと太らんと駄目やね。体力なかったら、この仕事は勤まらんよ」

「はい」

体力もいる。

覚悟もいる。

教師って難しい。

あたし、続けられるんだろうか。

想いが脳裏を過る。落ち込んだことも、辛いことも、情けなくて泣きそうになったこともいっぱいあったけれど、教師という職業に不安を感じたのは初めてだ。

そもそも、向いていないのかもしれない。生身の人間を相手にして生きていけるほどの体力も覚悟もないような気がする。

「……のことなんやけどね」

「は？」

顔を上げる。いつの間にか、うつむいていたらしい。目の前に、豊福のしかめっ面（つら）があった。

「翠川先生、聞いてなかったん。やっぱり五月病やないの。いっつもぼんやりはしてるけど、今日はさらに拍車が掛かっとるよ」

〝拍車が掛かる〟あるいは〝拍車を掛ける〟は、物事の進行に一段と力を加える、加わるという意味になる。だから、豊福の使い方は間違ってはいないが、微妙にちぐはぐだ。

「あの、豊福先生、その言い方ですと」

「峰山佐和子よ」

「はい？　峰山がどうかしましたか」

二〇一号の頭を掻いていた姿が浮かぶ。佐和子は目立つということがない少女だった。

二年ともなると女の子たちは、自分たちをどうきれいに見せるかに腐心するようになる。髪を染める子も、薄化粧の子も、ばっちりメイクの子もいる。ただ、伸ばしていては畑仕事も家畜の世話もできないから、爪だけはいつも短く切り揃えていた。

「お化粧なんかするのもったいないでしょう」

ファンデがどうのマスカラがどうのと、夢中でしゃべっている女子生徒たちに言ったことがある。説教ではなく、本音だった。

「みんな、まだ十六、七でしょ。肌も髪も艶々じゃない。わざわざ、ファンデーションなんかで隠すことないよ。ほんと、もったいない」

「だって、お化粧すると綺麗になれるもん」

と答えたのは、早瀬梨花だった。目鼻立ちの整った美しい少女は、手鏡の中の自分を見詰めながら、軽く唇を窄めた。

「だから、早瀬さん、すっぴんでも十分綺麗じゃない。畑山さんだって、今村さんだって、ほんと綺麗なんだからね。そこのところ、わかってる？」

「わかってます」

「え？　わかってるの」

「わかってるけど、もっと綺麗になりたいんよね」

畑山菜々がけらけらと笑う。

「うちなんて、一重の地味な目やけど、アイプチしてライナー引くとばっちり二重になるし、そうしたら、けっこう可愛いって思えて、大満足。朝から気分がハイになれるし」

「それそれ、化粧が上手くいった日は気持ちええよね。自分で可愛いって思えるの、最高や」

梨花が大きく頷いた。

「あなたたち、自分が可愛いって満足したいから、お化粧するの」

「そうやわ。先生、他に理由なんかあるん？」

「そりゃあだから、モテたいとか。男子に綺麗だと言われたいとか」

どっと笑いが起こった。

「やだぁ、グリーン・グリーン。古すぎ。時代が一つ、ずれとる」

「ほんま、男子なんか関係ないわ。全然、ないで」

異性の視線が気になるのではなく、自分が自分をどう感じ取れるか、それが大事なのだと生徒たちは笑う。若い肌をメイク用品で覆い、加工するのは愚かだと思うけれど、世界の真ん中に自分を据えて全てそこから出発する少女たちの思考を、したたかにも先鋭にもまっとうにも感じてしまった。

佐和子は髪も染めず、化粧もしていなかった。欠席はもとより早退も遅刻もしない。成績は中の上といったところだが、授業態度はすこぶるよく、真面目に板書を書き写す数少ない生徒の一人だった。短歌の授業もちゃんと受けてくれていた。

かの人の心に似たり冬の月ただ白々と我が上にあり

授業のまとめとしてクラス全員に詠んでもらった。そのときの、佐和子の一首だ。他の生徒の「腹へったおかあさん何か食い物ないですかねえ」とか、「朝起きて朝顔咲いて夏がきた明日（あした）はどんな花が咲くやら」などの作品に比べれば群を抜いて上手で、形になっていた。ただ、淋しい、モノクロの世界が広がっているようで、その寂寞（せきばく）の気配に真緑は息を詰めた。

「峰山、このところ様子がおかしいやろ」

豊福がちらりと真緑を見やった。

「翠川先生、気が付いてなかった？」

まるで気が付かなかった。

峰山さんの様子……どうだったろう？

廊下側の列の前から三番目が、佐和子の席だった。

変わったところ、いつもと違うところ、あっただろうか。

かの人の心に似たり冬の月ただ白々と我が上にあり
あの歌がよみがえる。一時、とても気になったのに、佐和子の様子が変わらずだったのでいつの間にか放念していた。

「何か眼つきが暗いんよね。ずっと考え込んでるみたいだし。ちょっと注意しといた方がええよ。それと、何気なく、悩みごとがあったら相談に乗るって伝えとけば」

「……はい」

「うちの取りこし苦労やったら、ええけどね。あっ、急がんと」

豊福が走り出す。ホームルーム開始のチャイムが、長く尾を引いて響いた。

二年二組の教室に入る。

「おはよう」

「おはようございます」

「うっす」

朝の教室の空気が揺れ、埃が舞う。光を浴びて埃は金色の粒になり、空中に浮遊する。

生徒たちの若い匂いが鼻孔をくすぐった。

「あれ、グリーン・グリーン、どうしたの」

戸口近くに座っている梨花が腰を浮かせた。

「顔色、悪いよ。病気？」

「まさか、元気よ」

「元気には見えんけど」

「あっ、先生、まだ、引きずっとんですか」

竹哉の一言に、顔が強張った。

夕暮れの道、鹿のウィンク、実里の匂い、去っていく後ろ姿、闇、ライトの眩しさ、自分の容赦ない言葉。まだ、引きずっている。引きずられている。

「でも、けっこう上手くやっとったで、豚の去勢」

「あ、そうか。生方たち、一昨日、豚のチンチン切ったんやな」

「チンチン、違うぞ。睾丸や、睾丸。チンチン切ったら、大事になるわ」

「やだ、朝から睾丸とかチンチンとか大声で言わんといて欲しいわ。下品、下品」

「睾丸やチンチンのどこが下品なんや。それに、畑山かて大声で言うとるやないか」

「あっ、そうか」

菜々が肩を窄める。

教室に笑いが渦巻いた。

朝からテンション、高いなあ。

いつもなら、憂鬱も悩みも吹き飛ばしてくれる生徒たちの笑い声が、今日は重い。ずしりと圧し掛かってくる。

「はいはい、もういいから静かにして。ホームルーム始めます」

「グリーン・グリーン、サワちゃん、お休みやで」

梨花が後ろの席を指差す。

廊下側、前から三番目の席。

誰も座っていなかった。

「珍しいよね。サワちゃんが休むなんて。それこそ、病気なん？」

欠席の場合、保護者から学校側に欠席理由を連絡する決まりになっていた。たいてい、始業前に電話があった。ずる休みを防ぐためだ。欠席が重なり、ずるずると退学していくケースが毎年、何例か出てくる。それを何としても防ぎ、卒業まで通わせる。

そのために、小学生並みの〝連絡ノート〟まで用意していた。

ただ、佐和子の欠席は今日が初めてだ。入学して一年以上、ずる休みはもとより病欠さえ一日もなかった。

廊下側、前から三番目。ぽっかり空いた場所が、やけに目に染みてくる。

峰山、このところ様子がおかしいやろ。

豊福の一言が生々しく響いてくる。

真緑は暫く立ち尽くしたまま、誰もいない机を見詰めていた。

七　新米教師、狼狽(ろうばい)する

峰山佐和子の家は喜多川町の外れ、喜多川農林とは逆の西の外れにあった。二階建てのアパートの一室だ。

喜多川町は広い、そして独特の地形をしている。南北に細長くのびているのだ。高低差もかなりある。北部にはスキー場があるのに、南部は年に数回しか雪が積もらない。それも淡雪(あわゆき)で、たいていはその日のうちに融(と)けてしまう。

南北の端から端までなら、車を飛ばしても一時間はゆうにかかる。その点、東西の幅はさほどでもなく、真緑の慎重運転でも三十分ほどで辿(たど)り着ける。

「翠川先生の運転、慎重すぎてかえって怖いわ」

一度、助手席に同乗した豊福の感想だ。それ以来、豊福は真緑の車に乗り込もうとはしなかった。

車を降り、佐和子の家に向かう。

去年と今年、家庭訪問で二度、訪れている。迷う心配はなかった。

一階の一番端の部屋。ベージュに塗られたドアに小さな木札（きふだ）がぶら下がっていた。MINEYAMAとローマ字が並んでいる。

確か、林業科の生徒が去年の『穀萩祭』で販売した物だ。間伐材を利用して、楕円形や長方形のボードを作り、それに注文に応じて名前を書き込む。機械でペイントしていくのだ。表札というよりネームプレートと呼ぶ方がふさわしい洒落（しゃれ）た品だった。

峰山さん、これを買ってたんだ。

佐和子は『穀萩祭』のとき、何を担当していただろうか。確か、確か……、そうだトン汁の係だった。調理室で黙々と野菜を刻んでいた。具材を下拵（したごしら）えする係は裏方も裏方で、まったく目立たないのに仕事量は多い。希望者はほとんどいない。佐和子は、そこに手を挙げてくれた。「料理は家でもするんで、慣れとるから」と。下拵えの係がすんなり決まって、ほっとしたのを覚えている。「ありがとうね、峰山さん」と。感謝したのも覚えている。

でも、それだけだった。『穀萩祭』の大混乱やその後の私的な騒動にかまけて、佐和子のことは頭から抜け落ちていた。真緑やクラスメートたちがどたばたと走り回っていたころ、佐和子は鍋を洗い、ごみを捨て、後片付けをしていたのだろう。

『穀菽祭』の賑やかさと一線を画すように、一人で働く姿が浮かんでくる。

『穀菽祭』は喜多川農林の主要行事、一大イベントだ。園芸・栽培、畜産、林業、食品化学、それぞれの科が栽培、制作、加工した物品を販売するのだが、これがなかなかの評判で、毎年、かなりの、いや、ものすごい数の人々が集まってくる。生徒の家族、学校関係者もいるが、半分は中年以上の女性だ。園芸・栽培科の野菜と花卉類（シクラメンとポインセチアは圧倒的な人気を誇る）、畜産科、食品化学科共同生産のハムとウィンナー、ジャムなどの加工品が目当てだ。中には、大型リュックを背負い、買い物袋を手にした剛の者もいる。リュックに大根や白菜を詰め、右手にハム、左手にシクラメンの鉢を提げた姿は、昭和の行商人の風情さえ漂っていた。

「おばさんパワーの前には、高校生の若さなんてちっちぇえよなあ。おれ、自分の小ささを思い知ったわ」

去年、一年生として初めて『穀菽祭』に臨み、販売を担当した生方竹哉の感想だった。

園芸や畜産に比べれば、林業科の物品販売所は静かだ。大挙して客が押し寄せる状態にはならない。それでも、生徒が自分たちで切り出した木材を使って仕上げた木工品は人気だった。少なくとも、真緑は素敵だと感じている。

椅子や小振りのテーブル、ロッキング・チェア、テレビボードなどの家具が並んでいて、どれも素朴(そぼく)な味わいがあった。真緑は、去年、チェストを一つ購入した。蓋付きの箱には模様も飾りもなかったけれど、磨き込まれていて、底に小さくM・Mと刻まれていた。製作者の頭文字だろうか。M・Mは真緑の頭文字でもある。躊躇(ためら)いなく買い込んだ。

M・Mという生徒、チェストの製作者は誰だろう。

真緑は直接、授業を担当していないので、俄(にわ)かには心当たりを摑めなかった。

林業科は二十三人全員が男だ。年々、入学志望者が減って、このままでは数年後には消滅すると危惧(きぐ)されている。

林業では食べていけない。

今、この国で農業一本の暮らしを成り立たせていくのは至難だ。林業はさらに難しい。林業科は将来に繋がらないと敬遠する傾向は、年ごとに強まっているようだ。

林業科の存続について、職員の間では危機感が広がっている。生徒が集まらなければ、自然消滅してしまう。

「日本は森林の国なのにねえ」

豊福がため息を吐いた。何カ月か前の昼休みのことだ。職員室で弁当を広げていた。

「えっ、そうなんですか」

「は？　翠川先生、何を驚いとんよ。常識でしょう、常識。小学生でも知っとるやないの」

知らなかった。

「翠川先生、日本の森林面積って国土の何割だと思うてる？」

突然の口頭試問に真緑は慌て、口に入れていた玉子焼きを呑み込んでしまった。

「えっと、あの……三、四割ぐらいでしょうか」

豊福が露骨に眉を顰めた。

この人、アホやわ。物を知らな過ぎるで。

声にしない声が聞こえてくるような顔つきだ。

「森林面積は国土の六十六パーセント、約七割です」

「七割！　そんなに！」

喉の奥がぐびっと動き、咽（むせ）てしまった。慌てて、持参の水筒からお茶を飲む。

「日本ってのは世界有数の山国、森林の国なの。山と一緒にずうっと生きてきたんやない。それが、後継者がいなくて林業が成り立たんやて。いったい、政治家はどうするつもりなんかねえ、経済がどうの金融緩和がどうのってより、大切な問題やないの」

鮭のお握りを頬張り、飲み下し、豊福は鼻の穴を広げた。どことなくカバを連想させる。

「ともかく、うちらの仕事は生徒の将来にしっかり道をつける。その手助けをすることやで。子どもたちが、それぞれ少しでもええように生きられるようにサポートするの。そこやで」

「はい」

「逆に言えば、そこまでしかできんてことやけどな」

豊福の口が唐揚げを呑み込む。

クエッ。

鶏の最期(さいご)の声を思い出す。

養鶏、養豚、酪農、果樹栽培、野菜生産、米作り、そして林業。生徒たちの未来に繋がる道ってどんなものだろう。どういう支え方が、この微力なあたしにできるのだろう。

そんなことを考えた。

もう少し心を配らなくっちゃ。

ＭＩＮＥＹＡＭＡのネームプレートを見詰めながら、真緑は唇を噛んだ。

一人一人の生徒にもっと心を配らなくてはいけない。もっと、大切にしなければいけない。大切に……。

ふっと、実里の顔が浮かんだ。

「真緑先生……」

真剣な眼差しと声音がよみがえってくる。

胸に抱かれて山の匂いを嗅いだ。日本の七割を占める森林の香りを実里は纏っていたのだ。

狼狽えて、どうしていいかわからなくて、ごまかしてしまった。たまたま、そこに現れた鹿に驚いた振りをして、まあ、実際驚きはしたのだけれど、気持ちより大げさに驚いてみせた。

卑怯だな、あたし。

真っ直ぐな心に真っ直ぐに向かい合えないほど卑怯だ。そして、臆病でもある。卑怯と臆病の結果、実里を傷つけた。

うう……落ち込む。どんどん落ち込んでいっちゃう。でも、今は落ち込んでいるときじゃないよ、真緑。

自分を鼓舞する。

当たり前です。

と、豊福に一喝された気がした。

翠川先生、教師にとって第一に考えないけんのは生徒のことでしょ。ええね、今は、松田より峰山よ。

わかってます。よく、わかってます。

二〇一号だけじゃなく、豊福先生まで脳内出演しないでください。豊福先生は豚じゃなくて、カバ系なんですから。

は？　カバ？　どういう意味ですか、それ。

真緑は頭を振り、豊福の仏頂面をはらい落とした。

一呼吸して、ベルを押す。

ドアの横に、黒い自転車が立てかけてあった。喜多川農林のシールが貼ってある。自転車通学の生徒に学校側が配るものだ。捨ててしまう生徒も多いけれど、この自転車は規定通りきちんとフレームに貼ってある。

佐和子らしい律義さだ。

「はい……」

重い音がしてドアが開いた。

細くて白い顔が、覗く。一瞬、病人かと思った。血色が悪いわけではないのに、病を得た人のように見えたのだ。

「あの、あたし、先ほどご連絡しました、喜多川農林の翠川と申します。あの、峰山佐和子さんの担任です」

「はい、存じてます」

ドアがさらに開く。

瘦せて長身の女性が立っていた。

峰山多代（たよ）。佐和子の母親だ。

佐和子はこの母と二人暮らしだった。生徒の個人連絡票に記された携帯電話の番号に連絡がついたのは、真緑が喜多川農林を出る直前だった。それまで、いくらかけても繫がらなかったのだ。

「あの、お電話でも申し上げましたが、佐和子さん、今日、欠席されてたんですが。お家（うち）からの欠席のご連絡もありませんでしたし、少し心配になってお邪魔しました」

「それは、どうも……ご苦労さまです」

多代は僅かばかり頭を下げ、首を捻った。そして、

「でも、変ですね」

ぼそりと呟く。

「佐和子は、今朝、ちゃんと出て行きましたけど」

「えっ！」

どくん。動悸がした。

「制服着て、お弁当を持って。いつもどおりでしたよ」

「で、でも、学校には来てません。佐和子さん、欠席でした。入学して初めての欠席です」

「はあ、そうですね。あの子、毎日、ちゃんと学校に通ってますね。お弁当も自分で作ってるみたいで……感心ですよね」

感心より心配をするところだろう。

この母親のズレは何なんだろうか。我が子が家を出たまま学校に行っていないとすれば、大抵の母親は驚き、慌てふためくのではないか。真緑は子どもを産んだことも、育てたこともないけれどそれくらいは想像がつく。多代は大抵の内に入っていないの

だろうか。それとも、驚きや狼狽えが面に出ない性質なのか。

「あの、あの、佐和子さんは今朝何時ぐらいに家を出たんですか」

「え？　それは……いつも通りで、七時過ぎだったと思います。ええ……確か、七時二十分ぐらいです。わたしが、その後に仕事に出ますから。八時十五分のバスに乗るんです」

多代は青い上っ張りを着ていた。仕事着らしい。ついさっき帰宅したばかりのようだった。

「でも、自転車はありますよ。佐和子さん、通学に使ってましたね」

真緑はドア近くの自転車を指差した。多代の黒目がちらりと動く。

「ああ……、佐和子、このところ自転車に乗らないみたいで……、だから、たぶん、バスで通学してるんだと思いますけど」

バスだと喜多川農林前まで乗り換えをしないですむ。ただし朝の通勤通学時間帯でも一時間に一本、九時を過ぎると夕方四時まで僅か二本という運行状況だ。

不便で、利用者はあまりいない。いないから、余計に走らなくなる。まさに悪循環そのものだが、今のところ打開策はない。喜多川の生徒たちも自転車やバイク通学の者が多い。

「何だか自転車は怖い、みたいなこと言ってたけど」

「自転車が怖い？　でも、ずっと、自転車通学だったんですよね」

「ええ」

「それが急に怖くなった？」

「……じゃないですか。乗ってないから」

「どうして怖くなったんでしょうか。転んだとか事故に遭いそうになったとかしたんですか」

「さあ……そんなことは、ないと思います。怪我をしてたら、さすがに気が付くでしょうからねえ」

真緑は口を閉じた。口の中の唾を呑み込む。

何なんだろう、この人。

多代への不信感が膨れ上がる。

娘が無断で学校を休んだ。今まで一度も欠席のなかった娘が、だ。朝いつもどおり家を出たまま行方不明になっている。

どうして取り乱さない。捜そうとしない。

多代の様子は、淡々を通り越して、冷淡にさえ思える。

我が子に関心が向いていない？　どうなっても構わない？

まさか、まさかね。

「あの、峰山さん、佐和子さんの携帯に連絡してみてください」

「はあ」

「携帯です。番号、ご存知ですよね。今すぐ連絡してみてください」

「ああ……はい」

多代が携帯電話を取り出した。かなり旧式のそれをもそもそと操作する。さほど、急いた風はなかった。

「おかけになった電話は電源が入っていないか、電波の届かない……」

通信不可を知らせる音声が漏れ聞こえた。佐和子は、電源を切っているのだろうか。それは、こちらからの連絡を一切拒む意思表示なのか。あるいは、無理やり拒絶させられているのか。

「出ませんねえ。困ったわ」

困った風もなく、多代は携帯を仕舞い込んだ。

「どこか心当たりがありますか」

「え？　心当たり？」

多代の瞬きが増す。真緑の問いを摑み切れていない表情だ。

「佐和子さんが行くところです。学校を無断欠席してまで行くところ、行けるところって、どこですか」

暫くの沈黙があった。

アパートの階段を上る足音がする。子どもの足音だ。勢いよく駆け上がっていく。

多代が息を吐き出した。吐息と区別できないほどの声で答える。

「わかりません」

「わからないって、娘さんですよ。行き先の心当たりないんですか」

「ありません」

絶句するしかなかった。

高校生だ。親の把握できない交友関係があり、知り得ない行動範囲があっても不思議じゃない。むしろ、当たり前かもしれない。半分大人の領域に足を踏み入れている者たちだ。大人の思惑を超えて、飛び回る。巣立ったばかりの雛が、こわごわと翼を広げるように、高校生たちは自分の飛べる範囲を知りたくて、ときには無茶な、ときには無謀な飛行を試みる。それをはらはらしながらも見守るのか、手を差し伸べるのか、背中を押すのかは大人側の問題だ。責任と愛情と淋しさと諦めと、様々な想いを胸に抱いて、大人は巣立って行く人たちに向かい合う。

いずれ別れるのは親と子の宿命だ。飛び立ってしまう子をどう見送れるか。親たちは子と向き合い、自分なりの答えを見つけ出さねばならない。

という趣旨の文を読んだ。高校生のときで、たぶん、高名な心理学者のエッセイか対談集の類だっただろう。

真緑は見送るより、まさに見送られる立場であったから、いつまでも過保護でやや干渉的な母、加南子を思い、「うちの母さん、あっさり見送ってくれそうにないなあ」と独り言ちたものだ。

加南子は過剰すぎたけれど、佐和子の母親は空っぽだ。我が子を見送る気も、見守る気も、縛りつける気もないみたいだ。胸の中ががらんどうで、何もないとすら感じてしまう。向かい合うどころか、そっぽを向いている。あらぬ方向を眺め、決して子どもに視線を当てようとしない。

決めつけてはいけない。教師と保護者として数回会っただけの相手をこうだと見極められる力なんて、あたしにはないんだ。わかっている。わかっている。でも……。

「考えてください」

ほとんど叫んでいた。

「ちゃんと考えてください。もしかしたら……もしかしたら、犯罪に巻き込まれたかもしれないんですよ」

口にしてから寒気がした。

犯罪に巻き込まれた？　あたしの生徒が？

他県だけれど、一月ほど前、高額のバイトだと誘われて女子高校生数人が売春を強要される事件が起こった。その前には、帰宅中の中学生がひき逃げに遭い、意識不明の重体に陥（おちい）ったというニュースも聞いた。佐和子が何らかの事故、事件に遭遇した可能性は皆無じゃない。皆無どころか、かなり高いのではないか。

焦る。気持ちの悪い汗が滲んできた。

「……だと思います」

多代が呟く。聞き取れない。

「はい？」

身を屈める。多代は目を伏せたままだ。

「峰山さん、何とおっしゃいました」

とたん、多代は身体を縮め、半歩ほど後退った。

「そんなに責めないでください」

「は？」

責めるつもりなんか、まったくなかった。しかし、詰問口調にはなっていたかもしれない。焦燥と多代への苛立ちが綯交ぜになって、言葉が尖ってしまった。

「す、すみません。そんなつもりなかったんです。でも、峰山さん、早く佐和子さんを捜さないと。何か起こってからじゃ遅いんです。あ、もちろん、何かが起こったとは言い切れないですけど、でも……」

「先生、怖いです。わたし、怖い人、苦手で……」

「いや、いや、あの、怖くないです。ごめんなさい。あの、あたし、頼りないとはよく言われますけど、怖いって言われたことはありませんから、一度も、ありません。本当です。あの、えっと、だから、ともかく、佐和子さんを捜しましょう」

多代はどこかぼんやりした眼つきで真緑を見やった。

「家出したんだと思います」

「え、家出」

「はい。自分の意思で出て行ったんでしょう。あの子、わたしのことを嫌ってましたから」

そこで、多代はふっと笑った。

「わたし、あんまり他人に好かれないんですよ。生まれたときから、ずっと……。性格のせいなのか容姿のせいなのか、きっと、どっちもなんでしょうね」

「はぁ……、あ、いや、そんな……」

何と答えていいのか、しどろもどろになる。話の先が思いがけない方向に向いてしまった。

こういうとき、豊福なら「グダグダ言っている暇があるなら、行動しなさい」と一喝して、さっさと動き出すのだろう。真緑にはなかなか、そこまで踏み切れないのだ。

多代の暗さ、無気力なほどの静かさが気になる。

いや、いやいやいや、違う。今、あたしが気にかけるのは、峰山佐和子だけだ。

「家出だとしたら、置手紙とかあるんじゃないですか。机とか、テーブルの上に」

多代は首を傾げ、その姿勢のまま、身体をずらした。

「先生、捜してみてください」

あなたに全部、任せますから。

そう告げているような口調だった。投げやりで、冷えている。

「お邪魔します」

遠慮などしない。

置手紙とは限らないが、佐和子の行き先に見当をつけられる何かが欲しかった。

室内は2LDKで、こぢんまりとしたキッチンも居間もきちんと片付いている。窓の外のベランダでは、洗濯物が揺れていた。

「洗濯も掃除も料理も、あの子がやってました。わたしは、たまに洗濯物を取り入れたり、お風呂を洗うぐらいです」

「……そうですか。佐和子さん、働き者ですね。教室でも、真面目でしっかりと授業に取り組んでますよ。あの、机の上、見てもいいですか」

奥の和室の隅に机と小さな本棚があった。

「どうぞ」

多代が頷く。

机の上もきれいに整頓されていた。

「あ、これは」

写真立ての中は、真緑を真ん中に一年二組全員が写っているあの終業式の記念写真だ。二〇一号もまんざらでもない顔つきで写っている。誰が教室まで連れてきたのか、聞かず仕舞いだった。佐和子は二〇一号のすぐ横で笑んでいた。手が二〇一号の頭に乗っている。他の者もみんな笑っていた。真緑だけが涙目だ。

同じ写真が、真緑の部屋にもある。やはり、写真立てに入って飾られていた。真緑が生まれて初めて受け持った生徒たちだ。何十年経(た)っても忘れられない子どもたちになる。一年二組の面々は、二年二組の生徒になり、真緑を『グリーン・グリーン』なんて呼んだりする。

いや、いやいやいやいや、違う違う。一年二組も二年二組も関係ない。今は、峰山佐和子だけだ。

机の上には、何もなかった。さすがに、引き出しまで開けるのは、憚(はばか)られる。しかし、手がかりをどうしても捜し出したい。

「どこを捜しても手紙、出てこないと思いますよ」

多代がぼそりと呟いた。

「置手紙なら、わたしに宛ててでしょう。わざわざ手紙書いたりしないと思います」

そうだろうか。何も残さずに家を出たりするだろうか。真緑が十代のころ、〝プチ家出〟が流行った。文字通り、ふらっと家を出て長くて二、三日、短ければ半日で戻ってくるというものだ。

「何て我儘(わがまま)なんでしょうね。好き勝手なことやって、親や周りに心配かけておもしろがってんだから、どうしようもないわね」

加南子はにべもなく言い捨てたが、真緑は理解できた。

リセット、リフレッシュ。やり直し、気分転換。

自分の環境をほんの少しだけ変えてみる。

友達の家に泊まること、ヒッチハイクをすること、一晩中おしゃべりすること。そんなことで世界は変わらない。少女たちだって、わかっている。でも、ほんの少しずれたりはするのだ。そのずれが、新鮮な驚きだったり、発見だったりする。

「二日、家に帰らなかっただけなのに、うちの母親の味噌汁がすごく懐かしくなってさ。親は全然、懐かしくないのに味噌汁が恋しいの。コンビニの味噌汁じゃ、駄目なんだよね。自分でもびっくりさ。あたし、どうしようもない味噌汁っ子だよ。オバハン過ぎて、笑えるよね」

そう言ったのは、塾で知り合った少女だ。プチ家出を繰り返してきたが、いいかげん飽きてきたとも言った。自分が味噌汁っ子だと発見した。それ以上の変化は、プチ家出では得られない。軽薄そうに見せながら、聡明な少女は気が付いたのだ。

少年はともかく少女が家を出てうろつけば、危険も厄介も降りかかってくる。だから、今なら真緑も止める。大人として無謀な行いを戒める。でも、加南子のように全部を否定できない。

現実に小さな穴、細い罅を入れたいと望んだ少女たちの中に自分もいた。そのことを否定したくはなかった。

佐和子もプチ家出を実行したのか。だとしたら、明日には帰ってくるかもしれない。

真緑は軽く、頭を振った。

違う気がする。

佐和子は気弱で、臆病な面があった。同年代の子より現実的で堅実な面もあった。軽々しい気持ちで家を出るとは考えにくい。

何かあったのだ。

家を出なければならない理由があった。帰らない、帰れないわけがあった。

「峰山さん、佐和子さんの持ち物、調べてください。失くなった物とかありませんか。佐和子さん、所持金はどのくらい持っているんでしょうね」

「さあ……ああ、そう言えばあれがありませんね」

多代が机の上を指差す。採光のためなのか、机は窓に向いておかれていた。今も、淡い西日が机上を照らしている。

「去年の学園祭で買ったとかで、小さなネームプレートを飾ってました。今はなくなってます」

「ネームプレートって、玄関のドアにかけてありましたけど」

「あれより一回り小さくて、ローマ字で佐和子と書いてありました。赤い字でした」

ＳＡＷＡＫＯ。赤い文字のプレート。

「佐和子さん、それを持って出たんですね」

「さあ……。ないことはないですねえ。昨夜はあったはずだから、やっぱり、持って出たんでしょうかねえ」

「それほど、大切な物なんですね」

「それは、何とも。わたしにはただのプレートに見えましたけど」

多代が他人事のように語る。

ため息を吐きたくなる。唇を結び、息の塊を呑み込んだとき、スマホが鳴った。

豊福からだった。

「翠川先生、気になって電話してしもうたわ。峰山、どんな様子？」

豊福の声はゆったりとして深く、真緑はその場にいない先輩教師に縋りつきたくなった。その衝動を抑え、努めて冷静に、順序立てて、これまでの経緯を説明する。

豊福が唸った。

「わかった。翠川先生、うちらもこれからそっちに向かう」

「はい、ありがとうございます」

スマホを握り、深々と頭を下げた。

正直、ほっとしている。これが、家出や失踪と名がつく一件となるのなら、一人で担うのは重すぎる。

「峰山さん、学年主任も来るそうです。申し訳ないですが暫く、待たせてください」

「まあ……そんなに、大層なことなんでしょうかねえ」

多代がひょいと肩を竦めた。

その物言いも仕草も、神経を逆なでしてくる。

むかついた。

大層なことですよ。さっきから、そう言ってるじゃないですか。

怒鳴りたいけれど、怒鳴ればまた多代が萎縮する。それに、千回怒鳴っても、佐和子の行方が明らかになるわけじゃない。感情を抑えようと写真立てに手を伸ばした。子どもたちの屈託のない笑顔は、鎮静効果抜群だ。

あっ。

写真立てが指から滑った。指先が震えていたらしい。派手な音をたてて畳の上に転がる。額が外れて、写真が飛び出した。

「あ、いけない。すみません」

写真を拾い上げる。指に微かな違和感が走った。

「うん？」

厚い。写真は二枚重ねになっていた。表の写真をはがすと、やはり、もう一枚が出て来た。色具合からすれば、かなり古い物だ。満開の椿（つばき）の木を背景に、幼児を抱っこした男性と年配の女性が並んで立っている。二人ともぎこちなく笑っていた。幼児だけが満面の笑みだ。

この人、見覚えがある。誰だった……。

写真に目を近づける。その誰かが閃（ひらめ）いた。

「えええっ、まさか」

抑えきれなかった叫びが、ほとばしった。

八　新米教師、仰天する

真緑が借りている古民家から、西に二キロばかり行くと小さな池がある。昔は、西の山裾一帯は段々畑と田んぼが広がっていた、そうだ。池は田んぼに水を供給する溜池の役目を果たしていたが、人工的に作られたものではなく、自然の池らしい。萬賀池と、妙にめでたい名前がついている。

兎鍋村に住み始めて半年も経ったころだろうか、たまたまなのだが村に伝わる伝承を知る機会があった。喜多川農林の図書室、その書架の隅に『故郷の伝承集』という一冊を見つけたのだ。〝集〟と銘打っているわりに、薄茶色のそっけない表紙のその本は、たった一冊しかなく、しかも誰かに読まれた形跡がほとんどなかった。ページがところどころくっついていて、剝がすとパリパリと音がした。藤内誠二郎という地元の郷土史家の私家版で、刊行は二十年近く前の日付になっていた。

けっこう、おもしろかった。

兎鍋村の名前の由来も記されていて、はるか昔から兎鍋村には鋳掛を生業とする家が集まっていたそうだ。鍋、釜の修繕を請け負うのが鋳掛屋なのだが、その中に〝と助〟という男がいて、この男の直した鍋は不思議なことに水を入れただけで火がなくても、ぐつぐつと煮えたという。〝と助の鍋〟として、とみに有名になったのが、と助鍋→と鍋→兎鍋と変化したのだとか。そう言えば、村の古い家の軒下に鋳掛の看板がぶらさがっていたりする。文字は掠れほとんど読み取れず、家そのものも空き家なことが多いが。

なるほどそういう由来だったのかと、真緑はいたく感心した。他の伝承も知りたくて一晩、読み耽った。

萬賀池に関わる話も載っていて、池に棲む蛙が美しい村娘お万に恋をし、若者の姿に変じて口説こうとしたが見破られ、お万の家の守り主だった白蛇に一呑みにされたというものだった。

この後、池からはお万恋しと鳴く蛙の声が、

マンガァ　マンガァ

と村中に響き渡ったという。

その声の哀切(あいせつ)さとやかましさに悲恋(ひれん)に散った蛙を哀れに思い、村人たちは池の傍らに小さな祠(ほこら)を建て、冥福(めいふく)を祈った。

それからは、鳴き声はぴたりと止み、人々の安眠を妨げるものではなくなったそうである。ただ、時折、池の近くを通ると、マンガァマンガァとの蛙の鳴き声を聞くことがある。

このくだりを読んだとき、真緑は笑ってしまった。

へんてこな文章だ。

哀切さとやかましさが一緒になると、どんな風に聞こえるのか、悲恋に散った蛙ってどんな蛙なんだろうかと首を傾げ、下手なんだけれど味わいのある文章に口元がほころんだのだ。

今も、蛙の声がしている。

というか、鳴き声の盛りの時期だ。

残念ながら、幾ら耳を澄ましても、マンガァ、マンガァとは聞き取れない。それでも、グエッグエッだのケケッケケッだの明らかな音の違いは判別できた。

足を止め、振り返る。

池の近く、道が瘤（こぶ）のように広がった場所に真緑の軽自動車が見えた。忠実な犬のように、ちんまりと止まっている。

周りは草藪（くさやぶ）だ。丈の高い草や灌木（かんぼく）が生い茂り、簡単に足を踏み入れられるとは思えない。

萬賀池の水を使って、青々と広がっていた田や畑。そんな風景がかつてここにあったなんて、この藪や草原が田畑の成れの果てだなんて、想像もできない。そのころ、蛙たちはもっと勢いよく、もっと喧（やかま）しく、もっと多種多様な声を響かせていたに違いない。

一息、吐き出し、緩やかな坂道を上る。

日は暮れかけていた。夏を迎えるこの時期、昼が一年で最も長いころだ。それでも、山に囲まれた兎鍋に、夜はどこよりも早く訪れる。薄闇が山の斜面から流れ出ている気がする。渦巻きながら真緑の歩く道を覆っていくような気がする。

もう一度、振り向く。

萬賀池の水面はどろりと黒く、容易（たやす）く闇に沈み込みそうだ。

まだ、来ないか……。

唾を呑み込む。道に人の姿はなく、近づいてくる車も見えない。

佐和子の家から飛び出してきたのは、三十分ほど前だ。

行き先は豊福に伝えてある。

「……というわけなんです。あたし、一足先に行ってみますから」

「わかった」

豊福が頷いた。スマホでの通話だが。はっきりと見えた。

腰に手を当てておおように頷く。その姿が脳裏を過ったのだ。

「うちらも、ここからそっちに向かうから。兎鍋で合流や」

「はい。お願いします」

「翠川先生」

「はい」

「ええな、一人で何とかしようなんて考えたらあかんで。生徒は担任だけの生徒やない。うちら教師みんなの生徒なんやからね」

「はい」

「じゃっ、早う行き。まずは行動やで」

「はい」

通話が切れる直前、豊福の怒鳴り声が漏れてきた。

「朝日山先生、まだそんなとこにいるの。車出して、車！」

生徒は教師みんなの生徒。

豊福の言葉を噛みしめ、真緑は坂道を歩く。蛙の声が背中を押してくれているみたいだ。

坂を上りきると、不意に視界が開けた。

明らかに人の手で切り拓かれたと思しき平地が広がっていた。そこに、紅い屋根瓦の小さな家が建っている。家の周りは畑で、耕されたばかりなのだろうか、黒々とした土がむき出しになっているもの、野菜の苗が幾筋も植えられているもの、花が何列も並んでいるものと、様々だ。囲いはない。

車を萬賀池の近くに置いてきたのは、万が一にも畑に脱輪したら大変だと考えたからだ。運転の下手さ加減には自信がある。

この前、ここを訪れたのは引っ越しの挨拶のためだった。結局、会えず仕舞いだったが、そのとき、真弓さんから再三注意を受けていた。

「先生、イケハタのおばあちゃんは、畑、命の人やからね。車で突っ込んだりしたら、どんだけ叱られるか。じゃから、用事があるときは、うちら車は使わずに、徒歩で行くんよ。先生もそうした方が無難やで。イケハタのおばあちゃんて、ほんま気難しゅうて、うちは好かんわ」

忠告なのか、愚痴なのか、悪口なのかよくわからなかったが真緑は、はいはいと頷いた。まさか、もう一度、この家を訪れることになるとは思ってもいなかったのだ。

薄闇はまだ溜まっていない。

夕陽が優しく、辺りを染めていた。

家の陰から、人影が現れた。

どうしてだか、真緑は息を詰めてしまった。

人影は慎重な足取りで畑に入り、若菜を摘み始めた。手に持ったステンレスの笊が夕陽を弾いている。

息を整え、真緑はしゃがみこんだ影に近づいていった。

「佐和子さん」

名前を呼ぶ。

佐和子が大きく目を見張った。弾かれたようにぴょんと飛び上がる。ちょっとよろめいた足を踏んばる。長靴の下で苗が潰れた。

長靴は、喜多川農林の実習用の物だ。白くて爪先のところに青い線が入っている。

「先生……」

「ごめんね。驚かしちゃった」

「どうしてここに……」

真緑はバッグの中から写真を取り出し、佐和子に差し出した。

「それ、佐和子さんとお祖母ちゃんの写真なんですってね」

あの写真立ての中の写真、一年二組全員集合のスナップ、その後ろにあったものだ。

幼児と男性と年配の女性、三人がそれぞれに笑っている。背景は満開の椿だった。

おそらく、ここだ。

真緑は立ち尽くす佐和子の背後に視線を向けた。

畑の端に椿が一本、枝を広げている。艶やかな深緑の葉が美しい。花はとっくに散って木は緑色の大きな塊に見えた。

「あたしが写真立て引っ繰り返したの。そしたら、みんなの写真の裏側にこれを見つけて。ごめんね、プライベートを覗き見したみたいになって」

「……いえ」

「あの、言い訳みたいなんだけど佐和子さん、今日、無断欠席したでしょ。何か気になって」

佐和子が顔を上げる。

「先生、あたしの家に？」

「うん。行ったよ。お母さんとも話をした。佐和子さん、今朝、学校に行くって家を出たんだってね」

佐和子がうつむいた。手の中の笊を強く摑む。まるで、ただの笊に縋りついているみたいだ。

胸が痛んだ。

この子は今、苦しんでいる。

そう感じる。追い詰めても問い質しても駄目だ。

「あ、でも、びっくりしちゃった。佐和子さんがイケハタのおばあ……いや、藤内さんの孫だったなんて、全然、知らなかったから、ほんとびっくりしたよ。凄い声で叫んじゃったかも。『ぎょえーっ』みたいな」

わざとふざけてみたが。佐和子はにこりともしない。何か小さく、口の中で呟く。

「え？」

身を屈める。佐和子は顔を横に向け、少し声を大きくした。

「お母さんが……しゃべるなって。おばあちゃんのこと、しゃべっちゃいけんでって。家の中でも、絶対に駄目で……、おばあちゃんや藤内の家のことしゃべるのは禁止で……、先生のことも」

「えっ、あたし？　あたしがどうして？」

「先生、兎鍋村に住んでいるから……。お母さん、兎鍋も嫌いなん」

「どうして？　どうしてそこまで嫌うの」

「それは……」

佐和子が不意にふらついた。畦(あぜ)の上にしりもちをつく。笊が転がって、摘み取ったばかりの菜が転がり出た。

「わっ、だ、大丈夫」

慌てて抱きかかえたが、佐和子はいやいやをするように首を振り、真緑を押した。

「大丈夫です。ちょっと、目眩がしただけです」

「佐和子さん、体調悪いの？」

佐和子はうっすら汗をかいていた。それなのに顔には血の気がない。蒼白く、むくんでさえいるようだ。

峰山、このところ様子がおかしいやろ。

豊福の一言が思い出される。

ほんとだ、これはただ事ではない。

「あたしに掴まって。ともかく、家の中に入りましょう。横にならないと駄目よ」

「いやっ！」

胸を突かれた。まったく予想していなかった抵抗だった。

「きゃっ」

今度は真緑が尻餅をついた。しかも、ちょうどそこに空のバケツが重ねてあったのだ。もろに、ぶつかる。

ガシャガシャガーン。ガラガラ。

遠慮も容赦もない大音響だ。さらにしかも、真緑のお尻はすっぽりバケツの一つに納まってしまった。

「きゃっ、やだ。痛い。なに、これっ」

悲鳴を上げる。

「い、いやぁ先生。落ち着いて、落ち着いてや」

佐和子が手を振り、それを祈るように合わせた。

「落ち着いて、引っ張って」

「あ？　はい。そうだわ、バケツなんかに負けるもんですか。コントやってるんじゃないんだからね」

バケツの縁を持って引くと、拍子抜けするほどするりとバケツは外れた。痛みも痒みもない。

「ふふん、どんなものよ。バケツごときが人間さまを侮るんじゃないわよ。身の程を知れ」

グモッ。

「え？　グモッ？　バケツが鳴いた？」

中を覗き込むと目が合った。横に出っ張った、奇妙な目だ。

グモッ。

蛙がいた。今までの人生の中で、真緑が見た最も大きな蛙だ。濃い緑というか、黒と緑を混ぜ合わせた上にさらに黒の絵の具を混ぜ込んだような色をしている。

「きゃぁあああっ」

バケツを放り出す。巨大な（少なくとも、真緑にはそう思えた）蛙はバケツから飛び出し、見事な跳躍を見せると、畑を横切って草むらに消えた。

「さ、さ、佐和子さん。何あれ？　か、蛙のくせにでっかいわよ。ものすごく大きくて、でっかいわよ」

「先生、落ち着いてや」

佐和子が唇を噛む。笑いをこらえているのだ。頬に血の気が戻っている。そうすれば若い頬は、急に艶を帯びて眩しい。

「あれは、ウシガエル。下の池に棲んどるんです」

「ウシガエル……。牛ほど大きくはなかったような……」

「牛ぐらいの蛙がおったら、大事やないですか。ウシガエルは食用蛙で、肉は白身で鶏肉みたいにあっさりしとるそうです。うちは、いっぺんも食べたことないけど」

「食べる？　あいつを？　やめて、ありえない。うわっ、そんなことになったらどうしよう。絶対、無理」

「いや、ウシガエルを食べること、めったにないと思うけど」

佐和子が苦笑しながら、首を傾げた。

「先生って、ほんま、おもしろいわ」

「え？　そう……。おもしろいかな。あたしは別に、おもしろくしようなんて考えてないんだけど」

「実里兄ちゃんの気持ち、ちょっとわかる。先生といっしょにおると何か楽しくなるの、わかるな」

「そんな、楽しいなんて。松田くんには迷惑ばかりかけて……ええっ！　ちょっと待って、どうしてここに松田くんが出てくるのよ。実里兄ちゃんって何？　え、え、どういうこと。まさか兄妹？　あいや、そんなことないよね。苗字違うし。あっ、でもでも」

「もう、先生。パニくりすぎやわ」

あはははは。佐和子が笑う。若い澄んだ笑声だ。

「うちのおばあちゃんと実里兄ちゃんのおばあちゃん仲がいいから、小さいころはよく、兄ちゃんに遊んでもろうてたの。この前、久しぶりに会うて、先生の話で盛り上がったんよ」

「え？　え？　そ、そうなの。それで、あの……まっ松田くんは何て言ってたのかな。いや、別にいいけど。気になるわけじゃないから……、いいんだけどね」

「だから、楽しいって。百年一緒にいても飽きない気がするって」

首から上が火照る。そのせいか、喉が渇いた。

いや、照れている場合じゃない。真緑、おまえは教師だ。峰山佐和子の担任なんだぞ。何のためにここに来ている。

自分で自分を叱咤する。

真緑は背筋を伸ばした。

佐和子の顔から笑みが消える。

「佐和子さん、欠席のことなんだけどね」

「構わないで」

どん。

また胸を突かれた。今度は言葉で、だ。よろめきはしなかったが、息が閊（つか）えた。喉の奥がきゅっと縮んで、苦しい。

「もう、うちに構わんといて。放っておいて」

「そんな、そんなこと」

萎（な）えそうになる言葉を呑み込み、真緑はこぶしを握った。

「そんなことできるわけないでしょ。放ってなんかおけません」

「何でよ。先生、あたしと何の関係もないが」

「あります」

いつの間にか声を張り上げていた。佐和子の表情が強張る。

興奮しちゃだめだ。ここは大人らしく冷静にならなくちゃ。

わかっているのに、声が上ずる。

「ものすごくあります。あたしは、あなたの担任よ。担任が自分のクラスの生徒に関わるの、当たり前でしょ」

佐和子が息を吸い込んだ。口を一文字に結び、真緑を見詰める。いや、睨んでくる。険しい、敵意さえ感じられる視線だった。

この子がこんな眼をするなんて。

怯みに似た感情に一瞬、足が震えた。

峰山佐和子はおとなしい、目立たない少女だ。真面目で几帳面でいつも誰かの陰にいる。そんな生徒だ。反抗的な態度をとったことも、度を超えて騒ぐこともなかった……はずだ。

うっと呻きそうになった。

深く考えたことがなかった。

佐和子がどんな少女なのか、何を想い続けていたのか、深く考えたことは……一度もない。手のかからない生徒。その枠から一歩も引き出そうとはしなかった。

そうだ、あたし、何にも知らない。

家庭訪問もしたのに、三者懇談も二者懇談もしたのに、何も知らないままだった。

峰山多代のぼんやりした顔つきを思い出す。娘にほとんど関心を示さなかった母親だ。あの母親と二人の暮らしは、佐和子にとってどんなものだったのか。

幸せだった？　不幸せだった？　学校での日々はどうだったのか？　悩みは？　望みは？　夢は？　友人関係は？　部活は何をしていたっけ？　弓道？　ああそうだ弓道部だ。でも、今は？　ちゃんと部活している？

わからない。あたし、佐和子さんのことほとんどわかっていない。

背筋に冷たい汗が流れた。

「先生なんか、あたしのこと何にもわかってないが」

佐和子の言葉が胸を貫く。

言い返せない。一言も言い返せない。

「何にもわかってないくせに、急に関わってこんでよ。わざわざ、ここまで、おばあちゃんの家まで押しかけてこんで」

真緑はこぶしを開いた。全身から力が抜けていく。畦の上にしゃがみ込みそうだ。

「わかってない。ほんとに……そうだった」

喉の奥から声を絞り出す。掠れた嫌な声だった。

「でも……でも、やっぱり、あたしはあなたの担任です。あなたは、あたしの初めての……初めての生徒なの」

だから大切なの、と、続けることができなかった。

だから大切なの。大事なの。かけがえのない存在なの。

そんな空虚な台詞を生徒に向けたりできない。あまりに勝手すぎる。あまりに偽善的すぎる。

今まで何一つ知ろうともしなかった教師が生徒に告げられるわけがない。

「だから……関わっていたいのよ」

やっとのことで、それだけを言葉にする。

「……ずっと、佐和子さんの担任でいたいの。卒業するまでを見届けたい。ううん、卒業した後もずっと……」

「あたし、学校、辞める」

どんどんどん。

さっきの何倍も強い衝撃がぶつかってきた。

「え？　佐和子さん、何て？」

佐和子が顎を上げた。背筋をまっすぐに伸ばす。肢体の線が張り詰め、若いがゆえの美しさを際立たせた。

「先生、あたしは学校を退学するつもりじゃから」

「な、何を言ってるの。そんなこと、いつ、決めたの」

「いつだってええでしょ。決めたのは本当なんじゃから」

「待って。待ってよ。そんなこと、簡単に決めないで」

「簡単じゃない」

佐和子の叫びが真緑を遮る。

「あたし、ずっと考えてた。ずっとずっと……一人で考えてた」

ずっとずっと一人で抱えてきたんだ。悩んで、悩んで、でも先生は何にもしてくれなかった。何にも気付いてくれなかった。

声にならない声が鼓膜に突き刺さってきた。

「佐和子さん……」

「先生、あたし、決めましたから」

佐和子が顎を上げる。Tシャツにジーンズ、白い実習用の長靴。首には、薄緑色のタオルをかけていた。日差し除けと汗拭き用だ。

今の子なら「ださい」の一言で片付けてしまうだろう佐和子の格好が、とても大人びて凛々しく見えた。

「学校、辞めます」

それだけ告げると、佐和子は身体を回した。そのまま、走り去る。さっき出て来た家の陰に、瞬く間に消えてしまう。

真緑は一人、畑の真ん中に立っていた。

グモッ、グモッ、グモッ。

ウシガエルが鳴いている。

「あんた、他人の畑で何をしとるんね」

横合いから、低い声がした。声の主はわかっている。真緑は首だけを動かした。それだけのことなのに、軽い目眩がした。

「イケハタさん……」

「そこはうちの畑やで。で、佐和子はうちの孫やが」

「はい。わかってます。佐和子さんに会いたくて来ました」

ふん。イケハタさんが鼻の先で嗤(わら)う。

「けど、ちゃんと、話なんかできんかったわな」

「……見てたんですか」

「派手な音やら大声やら、家の裏手におっても筒抜けに聞こえたわ。何事かと来てみたら、まあ、うちの孫をようも苛(いじ)めてくれたこと」

「苛めなんて……そんなつもりはありません」

「そうか。けど、佐和子はあんたから逃げたやないの。それ、あんたに苛められたからと違うんかね」

「そんな、そんなこと」

ふん。イケハタさんがまた、鼻を鳴らす。

「少なくとも、佐和子はあんたとおるのが苦痛だったんじゃろね。でなかったら、あんな風に他人を拒む子じゃないけんね」

ここでも言い返せない。言い訳一つ、できない。

あたしは、あたしは何をしていたんだろう。

グモッ、グモッ、グモッ。

立ち尽くす真緑の足元にウシガエルの声がからみついてきた。

九　新米教師、前を向く

イケハタさんの家の中は、思いの外(ほか)明るかった。

独居老人の住まいとくれば、ついつい、物が多くて片づけが行き届かず暗いという部屋を想像しがちだ。しかしまるで違っていた。

独居老人の住まいは云々(うんぬん)というのは、真緑の一人勝手な思い込みに過ぎなかった。テレビやネットで流される情報を鵜呑(うの)みにして、それが全てだと安易に信じてしまう。

そんな自分の愚かさを、また、痛感してしまった。

大きな窓はぴかぴかに磨かれ、白いレースのカーテンが引かれている。日差しがガラスとカーテンを貫いて、部屋に注がれていた。床には、南の海のような深い青色のラグが敷かれている。大きな楕円形で、真ん中に黒く丸いテーブル——おそらくちゃぶ台と呼ばれている卓——が置かれているから、上から覗き込めば人の目に似ているとも思えるかもしれない。

そして、本。

十畳ほどのリビングの壁は一部が本棚になっていた。天井近くまである棚にはどこもびっしりと本が並んでいる。しかも、国内外の現代作家の作品から古典まで、フィクションもノンフィクションも取り交ぜて、だ。

その本棚を背にして。イケハタさんが座っている。口元は〝へ〟の字を通り越して〝く〟の形に曲がり、眉間には普段の一・五倍の深さで皺が刻まれていた。

典型的な不機嫌顔だ。

テーブルを挟んで座っている豊福は、反対にこれまで見たこともないほどの、少なくとも真緑は一度も目にしたことがないと断言できるほどの満面の笑みを浮かべていた。

真緑は豊福の横で縮こまっていた。こちらは完璧な愛想笑いだ。

豊福の後ろには、朝日山がやはり身を縮めて座り、その横には佐和子の母多代が、朝日山の背後にはどうしてか養護教諭の須川凜子がいた。多代は時折、ため息をついている。

切なげにも気怠(けだる)そうにも響く音だ。

「ええ、ええ、藤内さんのおっしゃることは、ようわかります。ほんと、その通りですよねえ。ええ、わたしも常々、感じておりまして、学年主任として指導は怠りなくやってきたつもりなんですけどねえ。やはり、つもりはつもりで、いたらないところが多々あるとは、わかっておるんです。はい、わかっておりますとも」

表情だけでなく、豊福の声音まで愛想が溢れている。

「翠川先生は新米中の新米。まだ、教師がどういうものか、生徒とどう接すればええのか、ようわかってないとこもあります。ええ、それは事実です。何しろ、新米ですからねえ」

真緑は両肩を窄め、唇を結んだ。

ようするに、豊福は学年主任として真緑のいたらなさをイケハタさんに謝罪しているのだ。

泣きたくなる。

ここまで露骨に言わなくてもと、怨みたくもなる。しかし、自分が新米で、豊福の半分、いや、三分の一も教師としての力量や経験がない、実に乏しい存在なのは事実だ。豊福たちが駆け付けてくれなければ、イケハタさんは家には上げてくれなかっただろう。

「教師も親もお祖父ちゃんもお祖母ちゃんも、みんな、それぞれに子どものことを考えとるはずです。だからこそ、ちゃんと話をせんといけんと思うんです。藤内さん、どうか、うちらにチャンスをくださいな。お願いします」

豊福がイケハタさんを宥めてくれなかったら、真緑は畑の真ん中に置き去りにされて、途方に暮れていたはずだ。

情けない。

つくづく情けない。

教師としても、人間としても情けない。鶏の解体でひっくり返るよりずっと情けない。豊福を怨む前に、自分のいたらなさを噛みしめるべきだ。いたらなさのかわりに唇を噛む。

苦かった。

口の中に、何とも言えない苦みが広がる。吐きそうだ。

辞めてしまおうか。

唐突に、驚くほど唐突に、その一言が浮かび上がってきた。危うく、声を上げそうになったほどだ。

辞めてしまおうか。あたしには、この仕事向いていないんだ。

鶏の解体中に失神した。

豚の去勢で大騒ぎした。

魅力的な授業がさっぱりできない。

佐和子の小さな異変にまるで気が付かなかった。

それから、それから……ともかく、あたしは教師失格の烙印(らくいん)を押されてもおかしくないんだ。

辞めてしまおうか。辞めて、新しい仕事を探そうか。

「でも、一生懸命なんです。要領は悪いかもしれんけど、翠川先生ほど一生懸命な教師、そうそう、おらんのですよ。一生懸命、本気で生徒に向き合おうとしとるんです。つまり、根っからの教師気質やないですか」

え？　豊福先生、今、何て？

「藤内さん、そこんとこだけは、わかってもらいたいんです」

ふん。イケハタさんが鼻を鳴らした。

「一生懸命なだけじゃ、教師は勤まらんでしょうが」

「一生懸命じゃないと勤まらないんです」

豊福がテーブルの上に手をつき、身を乗り出す。

「翠川先生は確かに要領が悪い。学ぶことには慣れていても、教えることは下手です、早とちりもするし、考えが甘すぎるところもたくさんあります」

う……い、痛い。痛過ぎる。ずきずき刺さってくる。

「でも、要領が良くて授業の進め方は上手いけれど、ちゃらんぽらんでいいかげんなやつよりずっと教師としては上質だと、わたしは思うてるんです」

朝日山が軽く咳き込む。

「あの、豊福先生。それは誰のことを言うとられるんでしょうか」

「誰でもよろしい。ともかく翠川先生は一生懸命です。一生懸命にええ教師になろうとしてます。ええ教師っていうのは、つまり生徒に対して本気になれるってことです。未熟は未熟なりに、本気で向かい合おうとする、子どもにとってこれ以上の担任はおらんでしょう。藤内さん、学校側は適当に担任を決めとるわけじゃないんです。翠川先生なら生徒を任せられるて判断したから、二年二組の担任として持ち上がらせたんです。その判断は、間違うてないはずです」

「……おれ、今年、担任ないし」

朝日山が呟いたけれど、誰も反応しなかった。

真緑は顔を上げ、豊福の丸い横顔を見詰めた。

豊福先生、あたしのこと、そんな風に考えてくれていたんだ。

胸の底がじわりと熱くなる。目の奥も熱くなる。

「佐和子さんだって、本心から翠川先生のこと嫌うとるとは思えません。そりゃあ、翠川先生は鈍いから佐和子さんの出しとったSOSのサインに気が付かなんだのは事実です。翠川先生は、頭はいいけど気の方は鈍いですからね」

そんな鈍い、鈍いって連呼しなくても……。

いったい、褒められているのか貶(けな)されているのか……きっとどっちもなんだ。豊福先生には、あたしの美点も欠点も、長所も短所も見抜かれている。

わたしは、本気だ。本気で本物の教師になりたいと望んでいる。一生懸命なのも確かだ。手抜きができるほど器用じゃない。そして、鈍い。目配りができない。授業を進めるのがやっとで、一日一日が必死で、余裕がない。じっくり生徒を見る余裕がないんだ。

そうか、佐和子さんSOSを出してたのか。気が付かなかった。何にも気が付かなかった。

かの人の心に似たり冬の月ただ白々と我が上にあり

あの一首を目にしたとき気が付くべきだったのに。

わたしは、鈍い。

生徒だけじゃなく、誰に対しても鈍い。

松田くんにだって……ひどい仕打ちをした。

鈍感はときに凶器になるのだ。相手を傷つけるだけじゃなく、取り返しのつかない事態を招いてしまう。ううっ、やっぱり落ち込みそうだ。落ち込んでいる場合じゃないけど。

「ふふっ、あんたも相当、鈍かったやないの。豊福先生。いや、二十一年前はまだ、花取先生やったかいねえ」

豊福が小さく息を呑み、前屈みになっていた身体を起こした。

「あら、気が付いておられましたん?」

「当たり前や。忘れたりするもんかい。けど、あんた、二十一年前とちっとも変わっとらん」

「えっ? やだ、ちょっとそれは言い過ぎでしょう。おほほほ」

「最後まで聞きいな。ちっとも変わっとらんことはなくて、むしろ、むちゃくちゃ様変わりしたやないの。ざっと見たところ、体重は十五キロ、いや、二十キロは増えとるやろ。まるで別人やがな」

「うっ、ぐっ」

豊福の喉の真ん中あたりが、ひくついた。

「あんたが赴任してきたのは、うちが退職する前年だったもんな。大学でたての楚々とした美人でなあ。手も足も白くて細くて、男子生徒がみんな、うっとりしとったやないの」

「楚々とした美人？」

朝日山の声が上ずった。

「手も足も白くて細いって、誰のことですかね、翠川先生」

「あ……ですから、豊福先生の若いときの……」

以前に一度、豊福が喜多川農林に赴任してきたころの写真を見た。大勢の生徒に囲まれて微笑んでいる教師は、確かに色が白く楚々とした雰囲気があった。

イケハタさんは、あの当時の豊福を知っているわけだ。退職前のベテラン教師には、新人花取有希子はどう映ったのだろうか。尋ねてみたい。

朝日山が後ろにのけぞった。

「ええっ、と、豊福先生って若いときは楚々とした美人だったんですか。いや、まさかそんな馬鹿なことが」

「は、馬鹿なこと？　どういう意味かしら、朝日山先生」

「あ、いや、べつに意味はなくて……、その、ちょっとびっくりして。あはははは、そうですか。楚々とした美人ですか。いやあ、いいですよねえ、楚々とした美人。旧姓が花取だなんて、また優雅でええじゃないですか。今の豊福先生からは想像もできな……くもなくて、つまり、楚々とした美人の面影がまだ十分に残って……」

「何をごちゃごちゃ言うとるの。うるさいわ」

「は、はい。すみません」

朝日山は正座して、首を縮めた。

「ふふ、あの頼りなげな新米さんが、大の男を怒鳴りつけられるようになったんかね」

「二十一年経てば、たいていのことはできるようになるもんです」

「まあな。そういうもんか」

イケハタさんがちらりと真緑を見やった。本当に、ちらりという感じなのに身体が緊張する。

「とすれば、この鈍い若い先生も二十一年後には、あんたみたいになっとるかもしれんてことや」

「まあ、わたしまで行くんは難しいでしょうが、そこそこ何とかなるとは思うとります。根性は意外にありますから」

「ふーん。けどまあ、生徒は二十一年も待ってはくれんで。今の担任がしゃんとしたらんと、かわいそうなんは生徒やがね」

「イケハタさん」

真緑は腰を浮かした。

「佐和子さんに、会わせてください」

中腰のまま、こぶしを握る。

「お願いします。会って、話をさせてください」

「佐和子は誰にも会いとうないて言うとるが。別に監禁しとるわけじゃなし、会う気があるなら自分から出てくるじゃろ。ここには、担任も母親もおるんじゃからね」

イケハタさんが、多代に向かって顎をしゃくった。

多代は何も言わない。無言のまま横を向いている。

「ふん。ダンマリかいね。あんたは都合が悪くなったら、いっつも、そうやってダンマリを決め込むんよな。昔とちっとも、変わっとらんわ。あんたと初めて顔を合わせたんは、二十年前かいね」

「……そうです」

ぼそり、多代が返事をした。何の感情もこもっていない声音だった。少なくとも、真緑には感じ取れない。

これも、わたしが鈍いせい？

真緑は身体の向きをずらし、多代に視線を向けた。

「あんた、ようも当たり前の顔して、うちのとこに来られたね」

イケハタさんの目の縁がひくひくと動いた。こちらの声音には、憎悪とか憤怒とか怨恨とか呼ばれる険しい感情が含まれている。どんなに鈍くてもわかるほどの尖り具合だ。

そういえば……。

真緑は、多代を睨みつけるイケハタさんに視線を移した。

佐和子が孫だということは、多代との関係は親子？　なのだろうか。いや、この雰囲気は母と娘ではないだろう。どんなに仲が悪くても、母親が娘に憎悪や怨念をむけることはまずない。憤怒はあるだろうけれど。

「どこまでも図太い女子やねえ。昔のことはもうきれいに忘れたってわけか。けどな、うちは忘れんで。一生、忘れたりせん。あんたのせいで光雄は死んだも同然なんやけね。あんたと結婚さえせんかったら、光雄はあんな死に方せんでよかったんよ。あんたが光雄を振り回して、挙句の果てに殺したんや」

「藤内さん」

豊福が身を乗り出す。

「十年前のことでしたら、あれは紛れもない事故でしょう。殺したというのは些か言葉が過ぎませんか」

「他人は黙っとき。あんたに何がわかるていうんよ」

豊福が身を縮めた。唇が結ばれ、歪む。

「すげえ、豊福先生を一喝して黙らせた」

朝日山の口が半開きになる。豊福に横目で睨みつけられて、すぐに閉じてしまったが。

「何にもわかりませんよ」

豊福は顎を上げ、縮こまっていた背筋を伸ばした。そうすると、真緑よりずっと小柄なはずの身体が大きく見える。

「確かにうちらは部外者です。部外者が家族のことに口を出せるもんやないって、それくらいはわかります」

「この女は家族なんかやないで。うちの家族をぶち壊してしもうた人殺しや。赤の他人より、ずっと質（たち）が悪いわな」

「佐和子さんは、あんたの孫でしょうが。あんたの家族でしょうが」

豊福が初めて、イケハタさんを〝あんた〟呼ばわりした。

「いや、こりゃあ完全に闘争モード突入やな」

朝日山は呟き、僅かに後退りする。その背中を須川が無言で押し返す。真緑は自分の背も幻の手で押されたような気がした。

前に出る。

「佐和子さんは、わたしの生徒です」

声が掠れないように下腹に力を入れる。

「わたしの生徒です。関わりはあります。佐和子さんのことを本気で考えなきゃいけないんです。だから、だから、あの」

「佐和子をどうするつもりなんですか」

真緑を遮るかのように多代が叫んだ。腰を上げ、両手を握り締めている。

「佐和子をあたしから取り上げるつもりなんですか。それで、あたしに復讐しているつもりなんですか」

本物の叫びだった。きりもみしながら、鼓膜に突き刺さってくる。

「はぁ？　何を血迷うたこと言うてるの。うちが呼んだんやない。佐和子が自分の意思でここに来たんやがね。うちが畑に出たら、畦道んとこに一人でぼんやり立っとった。それで、暫く置いて欲しいって言うたんじゃがね。泣きそうな顔しとったよ。ああ、この子はうちに助けを求めてきたんやってすぐ察した。そうや、佐和子はうちの孫や。光雄の、たった一人の娘やがな。その孫が助けて言うてきたら手を差し出すの、当たり前やないかい」

多代がへなへなと座り込む。さっきの勢いは消えていた。うつむいたまま、自分の指先を眺めている。

「それを復讐なんかに結びつけるんは、あんたに負い目があるからやないか。光雄を殺したて思うてるから、そんな言いがかりをつけてくるんよ」

「あ、あの、お取込み中ですが」

朝日山がおずおずと手を挙げた。

「もう少し、わかり易く話を進めてもらえんでしょうか。えっと、その、藤内さんと峰山さんのご関係についてですが、今までのお話を伺っている分では要するに、藤内さんの息子さんと峰山さんは、かつてはご夫婦の関係だったけど、えっと、いろいろあって別れることになった。それで峰山さんが佐和子さんを引き取って育てていたと、そういうことになりますよね。ね」

しゃべっているうちに調子が出てきたのか、朝日山が笑い、歯をのぞかせた。日に焼けているので歯の白さが目立つ。

「何やの、このちゃらちゃらした男は」

イケハタさんがこれ以上できないほど眉を顰める。さっきよりさらに深い皺が、眉間にできた。豊福はこれみよがしの仕草で、ため息を吐く。

「お恥ずかしいですが、うちの学校の教師です」

「教師？　このちゃらい雰囲気の男が？」

「はい。喜多川農林きってのチャラ男です。離婚のベテランでもあります。何しろ正式なだけでも二回、結婚は三回しとりますの」

「正式なだけって、豊福先生、正式も略式も離婚は二度しかしとりませんが」

「二回もしたら十分や。まさか、三回目をしようなんて考えとるんやないやろね」

「考えてません。絶対に考えてません。夫婦間は実に円満です」

朝日山が頭を横に振る。

「だいたい、今ぼくのプライベートはまったく関係ありませんが。事故だの復讐だの、豊福先生にはわかっとっても、ぼくらには疑問符だらけですわ。ねえ、翠川先生」

突然振られて、真緑は少なからず慌てた。

「え？　あ……はい」

朝日山の言う通りだ。いったい何があったのかわからないままでは、多代の態度もイケハタさんの言っている意味も理解できない。けれど、それは極めて個人的な話ではないか。それこそ、プライベートだ。だとしたら、聞かせてくれと頼むわけにはいかない。しかし、佐和子を本気で理解したいなら、ある程度踏み込んでいかなければならないとも思う。

うー、どうしたらいいんだろう。

迷う。悩む。躊躇う。

「チャラ男に鈍い新人かね。そりゃあ、あんたも何かと苦労が多いね。学年主任なんやろ」

「はい。長い教師生活でも一、二を争う苦労を背負ってます。この二人、同僚というより手のかかる弟子みたいなもんですからねえ。しかも、あんまり出来がようない」

「不出来な弟子か」

「はい。その通りです。けど繰り返しますけど、翠川先生の子どもに対する気持ちだけは本物です。鍛えたら、なまじ器用で調子のええ者よりずっとまともな教師になると、うちは信じとるんです」

「えー。信じてるの翠川先生だけですか。それ、ちょっと酷くありません。ぼくの立場、まるでないやないですか」

朝日山が抗議したが、豊福もイケハタさんも無視だ。

「藤内さん、峰山さん。あの事故のこと翠川先生に話してもええですか。いや、翠川先生のためやなくて、お二人のためにもきちんと話をした方がええように思えます。こんな言い方はほんま失礼かもしれんけど……。もう十年も経つのに、母親と祖母が顔も合わさんほど反目し合ってるのって、佐和子さんにとって決してええことやないですが。二人とも一度でも、本音で話したことあるんですか」

豊福がイケハタさんと多代の間に視線を行き来させる。

「あほくさ」

イケハタさんが言い捨てた。

「話すことなんかあるもんか。この女さえ」

と、多代に向かって顎をしゃくる。

「この女さえおらなんだら、光雄はあんな死に方、せんでよかったんや。亭主だって……。この女はうちから全部、奪ってしもうたんや。全部な。ふん、ろくに娘と接しようともせなんだくせに、取り上げるも何もあったもんじゃなかろうね。嗤えるで」

突然、ドアが開いた。

「お祖母ちゃん、止めて」

佐和子が飛び込んでくる。

白いワンピースに着かえていた。襟のない、裾のゆったりと広がったワンピースは簡素なデザインだが、それがかえって佐和子の若さを引き立て、髪や肌の艶を目立たせていた。

「もう、お母さんのこと責めんといて」

「佐和子……」

イケハタさんが息を呑む。多代もまじまじと娘を凝視していた。

「それで、それで……うちにも教えて。お祖母ちゃんはどうして、そんなにお母さんのこと嫌うの。お母さんだって、どうして、一度もここに来んの。お父さんのお墓参りもせんの。仲が悪いんやったらそれでええよ。けど、けど……憎み合うんだけはやめて」

佐和子の声は震えていた。それでも、乱れてはいない。どこか淡々として落ち着いている。

紛れもなく大人の女性だ。

真緑はほんの少しだが、気圧された気分になる。

「佐和子、違うんよ」

多代がふらりと立ち上がる。娘の腕を摑む。

「あたしら憎み合うてなんかおらんよ。そんなんじゃなくて……」

唐突に多代が泣き出した。膝を突き、細い泣き声を上げる。

「お義母(かあ)さん、もう、堪忍(かんにん)してください。堪忍して……」

イケハタさんが大きく息を吐き出した。

「あんたは、いっつもそうやな。昔とちっとも変わらん。自分の都合の悪いことはそうやって泣いてごまかすんや」

「お祖母ちゃん」

「ええわ、お座り。そこまで言うんやったら話してあげるわ。あんた、もしかしたら、この話を聞くために来たん？」

「それもある」

「他にも理由があるんやね。けど、まあええわ……。まずは、聞きたかったことを教えてあげる」

佐和子が腰を下ろす。多代はハンカチで目を押さえ、唇を嚙みしめている。

真緑は居住まいを正し、気息を整えた。

「多代が初めてうちを訪ねてきたのは、二十年ほど前、ちょうど佐和子ぐらいの年やったね。まだ、高校生で、K高校の郷土研究会の一人として来たんや。うちの亭主、あんたのお祖父ちゃんに会いにな。確か五、六人の仲間と一緒やったね」

「お祖父ちゃんに？」

「そうや、お祖父ちゃんの本業は農家やっとったけど、歴史が好きで、郷土史の研究を独学でしとったんよ。私家版やけど、二冊ほど本も出しとる。『喜多川の歴史』とか『故郷の伝承集』とかな」

「ええっ！」

「うわっ、何やの。急に大声出して。びっくりするやないの。ほんまに、この先生、すっ頓狂（とんきょう）な人やなあ」

真緑は慌てて、口を押さえた。つい、叫び声をあげてしまった。

「あの、でも『故郷の伝承集』を書いた藤内誠二郎って、イケハタさんの……」

「うちの亭主や。けど、あんた、よう知っとったね。『故郷の伝承集』、読んだことあるの」

「読みました。おもしろかったです。兎鍋村の名前の由来や萬賀池の蛙の悲恋話はとくに心に残ってます」

「あらまあ」

イケハタさんは真緑の手を取って、笑いかけてきた。イケハタさんから、こんな優しい笑みを向けられたのは初めてだ。

「こんなところに亭主の愛読者がおるなんてなあ。あんた、なかなか、見込みがあるんと違う。ええ教師に、なれるかもやで」

「は、はあ」

愛読者ではないと思うが、あえて黙っていた。ここで黙るぐらいの世故は、さすがに持っている。

「まあ、亭主はなかなかの研究者でな。あちこちの高校にも講演会とかに呼ばれとったん。K高校の郷土研究会からもメンバーらに話を聞かせて欲しいと頼まれて、引き受けたんよ。それで、多代たちがうちに来たわけ。まあ、地元の高校生が研究者の話を聞きに来る、それだけなら、何てことなかったんやけど、この多代はそれからも、さいさい、うちに来るようになってな。しかも、一人で。うちも亭主も熱心な生徒や、郷土に愛着があるんやなあって感心しとった。でも、違うたんや。多代の目当ては、亭主の話なんかじゃのうて、息子の光雄やったんよな」

イケハタさんの眼差しが、一瞬だが空を泳いだ。誰かを探すかのように、うろつく。

翳りが眼の中を走った。

「光雄はそのころ、県立大学の農学部に通っとった。農業が好きで、特に畜産、養豚を中心に学んどったんよ。多代たちが初めて来たとき、たまたま家に帰っとって豚の世話をしてた。そのころ、十頭ばかりやけど、豚を飼育しとったでな。光雄は暇をみつけては帰って、世話をしてくれたんよな。『大学卒業したら、おれ、本格的に養豚する』って言うてくれてなあ……。当時は……いや今でもそうやけど若い者のほとんどが東京や大阪やて、競って都会に出ていってた。汗に塗れて働くなんてあほらしいって、本気で言いよるやつもおったわ。バブルはとっくに弾けてたいうのに、都会に出たら何とかなるって、みんな信じとったんよな。なんの根拠もなくな。そんな時代に、農業を継いでくれるて……ほんまに、すばらしい子やった。小さいときから勉強もスポーツも何でもできてなあ。おまけに優しいし、しっかりしとるし、他の若い者みたいにちゃらちゃらしとらんし、ほんまに、ほんまに出来過ぎるほど出来た息子やったんや。生きとったら、どれだけ立派な仕事をしたかなあ……」

ちゃらちゃらのところに力をこめ、イケハタさんは語った。朝日山が小さく呟いた。

完全美化だな。

と、聞こえた。真緑もそう思う。

死者は生きている者の記憶の中で、変化していく。失った息子をイケハタさんが美しく飾り立てたとしても誰も責められない。

「光雄と多代はお互いに一目惚れしたそうや。そのころは、うちらは何も気が付かんかったけどな。光雄が大学に戻ってからも、ずっと付き合うてて……。翌年の春、光雄が大学を、次の年に多代が高校を卒業して、そしたら結婚するて言い出してな。うちらは反対したんや。なんせ若過ぎるって。けど、光雄がどうしてもと言い張って……。後で知ったこっちゃっけど、多代の家は母親が早くに亡うなって、父親との間もぎくしゃくしとったんよな。多代としては家におるのが嫌やったんや。一日も早う出たかった。それで、ほとんど家出みたいにして、うちに来たんよ。だから、結婚式には花嫁側の家からは誰も来んかったんよ。な、そうやな」

多代がゆっくりと顔をあげる。頬に涙の跡がくっきりとついていたが、もう泣いてはいなかった。

「光雄さんからプロポーズしてくれたんです」

はっきりとした声で言い切った。

「結婚して欲しいって、光雄さんが言うたんです。あたしは、家から出る口実が欲しくて結婚したわけやないです。確かに、光雄さんは優しかった。あたしの父は酔うと手を上げるような人でしたから。父にはよく……殴られました。言葉でも痛めつけられました。おまえは馬鹿だ。役立たずだって。だからあたしは、結婚相手にたくさんのことを求めたりしなかったんです。ただ、妻や子を殴らない人だったらいいって……。光雄さんは優しかった。ええ、確かに優しかった。だから、プロポーズされたとき、一も二もなく承諾しました。女を殴らない男なら結婚してもいいって思ったんです」

「だったら、何で出て行ったんよ。佐和子まで生まれたというのに、なんで、光雄を裏切って出て行ったんやがね」

イケハタさんの両眼がぎらつく。怖いほど、底光りする。

ふふっ。

多代が笑った。嘲笑うような声だった。

「お義母さんて、ほんまに何にも知らんのですね」

「何やて?」

「光雄さん、ほんとはちっとも優しくなかったんですよ」

嗤いを含んだまま多代が続けた。

心臓が痛くなる。

真緑は膝の上に重ねた手をそっと胸に置いた。手のひらが汗ばんでいた。

十　新米教師、それでも踏ん張る

佐和子はじっと母を見詰めていた。

娘の視線を感じているのかいないのか。多代は淡々としゃべり続ける。涙はもう乾いていた。お面のように無表情で口だけが動いている。

真緑は唇を噛んだ。

傷つけて欲しくない。

強く思う。

佐和子を傷つけて、欲しくない。

これから多代がどんな話をするのか想像もつかない。ただ、それが佐和子の父親に纏(まつ)わることなのは確かだ。それが、佐和子にとって痛みを伴う内容であって欲しくない。

父と母はなぜ、別れたのか？

父の死の真相は？

祖母と母が反目し合う理由は？

佐和子の内には、家族に対する疑念が幾つも幾つも刻まれているはずだ。おそらく、小さなころから。

辛かっただろう。重かっただろう。ときには、疼きもしただろう。

かの人の心に似たり冬の月ただ白々と我が上にあり
あの歌を淋しいと感じながら、佐和子の静かさ、口数の少なさ、ふっと見せる暗みの後ろにあったものを、佐和子が背負って来たものを感じ取れなかった。傍に寄り添うことも、支えることもできなかった。今までは……。

だからこそと、真緑はさらに強く唇を噛む。

今まではできなかった。だからこそ、これからは、やる。教師として、担任として、できる限り踏ん張ってみせる。

「お義母さん、知ってましたか。光雄さんは母親から逃げたくて、わたしと結婚したんですよ」

「何やて」

イケハタさんの眉がひくりと動いた。

「うちから逃げるやて？　何を寝惚けたこと言うてるの」

「本当です。光雄さんから、直に聞きました。『うちのおふくろは、家でも教師なんだ。何でもすぐ指導しないと気が済まない。親父もおれも家族じゃなくて生徒なんだ。しかも、出来の悪い』って苦笑いしながら話したこと、今でも覚えてますよ」

無表情のまま、多代は続ける。

イケハタさんは黙り込んだ。時折、口の端が引き攣れたように震えるだけだ。

「光雄さんは、本当に農業が好きでした。時代に合った農業を探りたいって、できれば、ブランド豚を作りたいって……でも、兎鍋では無理だって諦めてました」

「何で諦めるんや。うちは反対なんかせんかったで。むしろ、がんばれ、しっかりやれって励ましてたんや」

多代はうつむきがちになっていた顔を上げた。

「失敗が許されないんだって」

息を呑み込む。喉がこくりと動いた。

「おふくろは何でも挑戦することは応援してくれる。でも、失敗は許してくれないんだって、光雄さんが……」

イケハタさんの表情が固まる。

豊福が身じろぎした。

多代以外、誰も何もいわない。咳払い一つしなかった。

「何をしてもええ。けど、成功者にはならんと駄目。それが、お義母さんの考えやったですよね。だから、お義父さんが趣味でずっと調べていた郷土史や伝承も本にまとめた。私家版でしたけれど、立派な装丁の本にして、あちこちに配りましたよね」

「それがどうした。亭主孝行をしてやったんやないの。何十万もかけて本にしてやったんや」

「お義父さんは、それを喜んどられましたか」

一瞬だが、多代の双眸が鈍い光を放ったように見えた。

「お義父さんは本なんか作らんでええと考えてたんじゃないですか。ただ、古くからの伝承を集めるのが好きで、それだけで満足されとったんと違いますか。いえ、いずれは一冊にまとめたいと考えとったかもしれません。けど、それはいい時期に、お義父さんが自分で決めた時期に、自分なりに本にしてみたいと思うてたんじゃないでしょうか」

イケハタさんが顎を引く。多代を見詰める眼が険しい。ほとんど殺気さえ感じさせた。

多代は怯(ひる)まなかった。淡々としゃべり続ける。

おそらく覚悟を決めて、ここに来たのだ。

全てを、胸の内にあるもの全てを洗いざらい話す、と。それは、義母に聞かせるためだろうか。娘に何かを伝えるためだろうか。

「それをお義母さんは勝手に進めてしまった。二冊とも表紙からタイトルまでお義母さんが決めてしまったんですよね。お義父さん、それで、次を纏める気力がなくなったと、わたしは思うてます」

「ふん、よくもそこまで勝手なことが言えるなあ。呆れてしまうわ」

イケハタさんが奥歯を噛んだ。ぎりっと重い音を確かに聞いた。

「光雄さんは、お義母さんから逃げたかったんです。あれこれ指示されない、失敗しても許される暮らしがしたかったんです。だから、わたしと結婚しました。家を出る理由が欲しかったんでしょう。でも、結局、逃げ切れんかった。お義母さんは、光雄さんにも、むろん、わたしにも一言の相談もなく家を二世帯住宅にリフォームしたんですよね。『あんたたちの住まいは、うちが拵(こしら)えてあげるで』って、得意そうだったお義母さんの顔、今でもはっきり覚えとります。光雄さんの呆然(ぼうぜん)とした顔も」

多代の視線が部屋の中を巡る。

ああ、ここがそうなのか。

真緑も視線を巡らせていた。

白い壁も天井も、大きな窓も、レースのカーテンもイケハタさんにはちょっと不釣り合いに感じた。それは、この場所が若い新婚夫婦のために建てられたからなのだ。

「それは、あんたらのためを思ってやないか」

イケハタさんが、多代を見据えながら答えた。語尾が微かに掠れている……だろうか。

「光雄もあんたも若くて、金なんてなかった。言うたらあかんて思うて今まで黙ってたけど、あんたなんか、ろくに嫁入り道具揃えてなかったやろ。だから、電化製品から日用品まで、みんなうちが買い揃えてったんやないの。退職金を使うてまで、家を建ててやったんやで。それを、感謝されこそすれ、悪う言われる筋合いはないで」

朝日山がもぞりと動いた。真緑に囁く。

「嫁入り道具って古臭くないですか？　今時、そんなもの揃えなくても結婚できますよね」

「は、はあ……」

「ぼくの二番目の妻なんか、荷物はボストンバッグ一つだけだったんですよ。それで十分やないですか」

「は、はあ……」

「翠川先生、そう思いませんか」

「あの、今はちょっと……」

豊福が視線を動かし、朝日山を睨みつける。朝日山は身体を縮め、黙り込んだ。

「わかってます。でも……わたしたち、当分は喜多川のどこかでアパートを借りて生活するつもりでした。それなら、何とかやっていけるって二人で計算しとったんです。でも、お義母さんはリフォームした家に住めの一点張りで、光雄さんはとうとう逆らいきれなくて……、結婚しても母親から逃げられなかった……、あの人、そう感じたんじゃないでしょうか。心の弱い人でしたから……ええ、お義母さん、光雄さんは優しいのではなくて、弱かったんですよ」

ふうっ。長い息を吐き出し、多代は胸を軽く撫でた。自分で自分を鼓舞している。そんなしぐさだった。

「あの人がもう少し強ければ、お義母さんを振り払って家を出る選択肢もあったでしょう。それができんかった。本当に弱い人でした。弱いから暴力を振るうようになったんです」

「暴力？」

朝日山が声を大きくした。

「峰山さん、暴力を振るわれたんですか」

「そうです。佐和子が生まれたころから始まって、だんだんエスカレートしていって……、突然、怒り出すのです。きっかけは些細などうでもいいことでした。洗濯物の畳み方が悪いとか、カーテンに染みがついていたとか、佐和子のオムツかぶれが治らんとか、本当に些細なことでした。最初は怒鳴るだけだったけれど、そのうち殴ったり蹴ったりするようになったんです。殴りながら、結婚したのに家を出られんかった。おまえは何の役にもたたんかったって罵るんです」

「許さん」

朝日山がこぶしを握った。

「女性に暴力を振るう男は、絶対に許さん。そんな最低男、人間の屑だ。男は何があっても女性を貴ばなきゃならんのです」

「あんた、うちの息子が人間の屑だったて言うんかい」

イケハタさんがかっと目を見開いた。

「あ、いや……そういうわけではなくて。一般論を、も、申し上げただけですので」

朝日山はこぶしを開き、ひらひらと振った。

「馬鹿」

豊福が額を押さえ、須川はため息を吐いた。

「でたらめや」

イケハタさんが険しい眼つきを多代に向ける。

「この人の言うとること、全部、でたらめや。光雄が人を殴ったりするわけがない。あの子は親思いの優しいええ子や」

「お義母さん」

多代が叫んだ。

「光雄さんは苦しかったんですよ。優しい、思いやりのある子の役を押し付けられて苦しかったんです。苦しんでいるあの人が、かわいそうでした。でも……、わたしは何もできんかった。わたし、気が付いてしまったんです。わたしも、親から逃げようて結婚を選んだだけだったんだって……。光雄さんを愛していたわけじゃなかった、ただ利用しただけだって……」

佐和子が身震いした。

水から上がった犬のように、身体を震わせたのだ。

「光雄さんもそれ、わかっとったんでしょう。お互いを利用しようとした夫婦って、淋しいもんですよね。苦しさとか淋しさとかいろんなもん、いっぱい背負い込んでしもうて、でも、わたしはそれもしんどくて……。それで、佐和子を連れて藤内の家を出たんです。もう限界だと思うたから。父が亡くなったことも、離婚を決めるきっかけになりました。父はわたしに、ある程度まとまったお金を遺していてくれたんです。わたしの名義の通帳に、わたしが出て行った後も、毎月貯金してくれてました。あれほどわたしを疎んじていたのに、わたしを心配してくれてたんでしょうか。考えてもわかりません。親子って、どうなのでしょうね」

多代がふっと真緑を見た。

どうなのでしょうね。

眼差しが問うてくる。

「あ、あ、それは……ど、どうなんでしょうか」

しどろもどろになる。

真緑にも母がいる。父親が早世したあと、一人娘の真緑を育て上げてくれた母だ。感謝はしている。愛してもいる。けれど、重い。イケハタさんほど強引ではないけれど、母の加南子も支配欲の強い人だ。娘を手放したくない。娘を思い通りに動かしたい。そんな想いを強く抱いている。

お母さんの言う通りにしていなさい。そしたら、間違いないからね。真緑は何の心配もいらないの。母さんが守ってあげるから。

何度も聞かされた台詞だ。

子どものころは嬉しかった。

あたしはママに守られてるんだ。

あたしはママに愛されているんだ。

その喜びが変質していったのはいつぐらいからだろう。

愛情と束縛（そくばく）が表裏一体だと気が付いたのは何歳のときだったろう。

真緑は母から遠く離れた土地にいる。喜多川で教師になるという道を自分で選んだ。

加南子は大都市で一人暮らしだ。

淋しい、悔しい、あなたに裏切られた気がする。

最初、泣き言や愚痴、不満ばかり綴（つづ）っていた手紙が、三カ月前からヨガを始めたこと、その仲間と旅行に行ったこと、社交ダンスのサークルにも誘われていること、ボランティア活動云々の内容に変わっていった。

やっと、対等になれたのかな。

このところ考えたりする。

多代の父はどうだったのだろう。

娘を本当に疎ましく感じていたのか。本心には愛があったのか。

死者はもう何も語れない。

多代は父と本音で語り合う機会を失ったのだ。和解する機会も、踏ん切りをつける機会も、「さようなら」「ありがとう」「大好きだよ」「あなたを憎んでいます」。伝える全ての機会を失った。

あっ。

声をあげそうになった。

もしかして峰山さん、そのために……。

死者はもう何も語れない。何も伝えられない。けれど、生者同士ならできる。

言葉を交わし、伝え合い、聞き合うことができる。

峰山さんもイケハタさんも生きている。

だから、とことんしゃべり合うことができるはずだ。

真緑は多代に向かって、頷いた。

峰山さん、間違ってないです。生きた人間は生きた言葉でしゃべり合えます。通じ合えるとは言い切れないけれど、しゃべり合えますから。

「あんたのせいで、光雄は死んだんやで」

イケハタさんが掠れた声で告げた。

「あんたが、雨の夜にあの子を呼び出したりせんかったら、事故なんかで死なずにすんだんや。あんたがあの子を殺した」

激しい言葉が飛ぶ。

多代は束の間(つか)、目を閉じた。

十一　新米教師、ジャンプ

「ひどい雨やった。風も強うて……。嵐て言うてもええほどやったな。あの夜は」

イケハタさんが微(かす)かに首を捻(ひね)った。雨音を聞いているような仕草だった。いや、もしかしたらイケハタさんには聞こえているのかもしれない。

吹き荒れる風、地面を打つ雨、ざわめく木々の枝。それらがたてる荒々しい物音、自然の咆哮(ほうこう)が耳の底で響いているのかもしれない。

「夜の七時過ぎやったかな、光雄が急に外出する言うて、身支度を始めたんや。うちも亭主も止めた。当たり前やろ、嵐の山道は危険極まりないもんや。そんなこと、ここで育った光雄なら百も承知のはずやった。それなのに出かけるて言い張って。どうしても行かなあかんのやって。うちは、ピンときたで。あんたに呼ばれたんやってな。光雄が無理してでも会いに行くなんて、あんたしかおらん」

多代が顎を上げる。胸を張る。挑むような格好だけれど、眼の中に激しい光はない。

むしろ、深い暗みのようなものが宿っていた。

真緑にはそう感じられた。

「わたしは、光雄さんを呼び出したりしとりません」

「そんな言い逃れ、誰が聞くかいな」

「聞いてください！」

叫びがまた、耳に突き刺さってきた。

「わたしの言うことを本気で聞いてください」

多代の身体が前のめりになる。

「お義母さんは、ええ先生やったんでしょ。光雄さんと結婚したころ、教え子や言う人たちから教えてもらいました。藤内先生はうちら生徒のために一生懸命になってくれたって。本気で向き合って、本気で話を聞いてくれたって。なのに……なのに、どうして、家族の話を聞こうとせんのです。わたしはともかく、光雄さんの話をどうして本気で聞いてあげようとせんかったんですか」

迫力があった。

どこか投げやりで、影の薄い雰囲気ががらりと変わる。豊福でさえ目を剝いて多代を見詰めていた。

「あの夜、わたしは光雄さんを呼び出したりしていません。会う約束もしていませんでした」

　ふん。イケハタさんも顎を上げる。こちらは、もろに挑戦的だ。

「とぼけるのも大概にしいや。あの夜、あんたと光雄が『わすれな草』で一緒におるのを見た人がおるんや」

『わすれな草』は喜多川駅のすぐ横にある喫茶店だ。〝今日のランチ〟があり、それが鯵のフライ定食だったりするから喫茶店というより食堂に近いかもしれない。でも、本格的なピザ窯で焼くピザとドリップ式のコーヒーは逸品でファンがたくさんいる。真緑もその一人だ。店主は二代目で、その二代目が店を受け継いでからでも二十年が経つと耳にしたから、光雄と多代が『わすれな草』で美味しいコーヒーを飲んでいても、おかしくはない。ただ、嵐の、それもかなり遅い時間、元夫婦がコーヒーやピザのためだけに会うわけがない（『わすれな草』の閉店時間は夜八時のはずだ。きっと、真剣な表情で話し込む客を追い出せなかったのだろう）。

「あれは、光雄さんから呼び出されたんです。大事な話があるから、どこかで会えんかって。急に。アパートに来られてもと思ったから、佐和子を知り合いにあずけて出かけたんです。光雄さんの声が、切羽詰まっていたみたいやったから……そしたら」

多代の全身から力が抜ける。尻餅をつくみたいに、ぺたりと座り込む。

「そしたら、あの人、わたしに保証人になってくれんかって、頼むんです」

「保証人やて？」

「ええ……光雄さん、銀行から、五百万近くお金を借りるつもりやったんです」

「五百万！　な、何のためにそんな大金を」

「新しい農業系の会社を造るためやと、光雄さんは言うとりました。企画書みたいなものも見せてくれたけど、わたしにはようわかりませんでした。友人と共同出資して会社を設立して、苺を中心とした果物、野菜の生産と養豚の二部門でやっていくとか何とか。でも、突然、友人が手を引くと連絡してきたそうです。光雄さん、慌ててしもうて……。来月までに何としても銀行から資金を借り入れんといけんのだって青くなってました。それで、わたしに保証人になってくれんかて。でも、断りました」

多代がゆっくり首を横に振った。

「五百万なんて、そんな大金の保証人なんて恐ろしゅうて、とても受けられんかったんです」

「そりゃ、当たり前や」

あっさりとイケハタさんが肯った。

「あんたは母親や。佐和子との暮らしを守らないけん。いくら元夫の頼みだけんいうて、保証人なんかになったら駄目や」

「お義母さん……」

「そう言えば、あのころ、光雄はお金のことばっか言うとったな。生命保険を解約したら幾らになるなんて尋ねてきたこともあったな。うちはてっきり、佐和子の養育費にでも要るのかと思うとった」

「養育費は月々渡してくれていました。光雄さん『これじゃ足らんよな。もうちょっとしたら稼げるようになるから、そしたら、二倍でも三倍でも渡してやれるからな』なんて言うとりました。それは、会社を設立して、それが軌道に乗っていつかは……て意味やったんですよね。あの人が無理をしても会社を立ち上げたかったんは、佐和子に不自由な思いをさせとうないって、その一心やったんやて思います。あの人、佐和子だけは本心から愛してましたから」

　イケハタさんが自分の手元に視線を落とす。

「喜多川からの帰り道で、光雄は事故を起こして亡くなった。亭主が逝ったんは、その半年後や。光雄の離婚やら事故死やらがショックで、あれよあれよという間に身体が弱って、気持ちも萎えて、最期は憔悴しきって死んだん。光雄があんたと結婚さえせんかったら、離婚さえせんかったら……て、うちはずっと思うとった。全部とは言わん、けど、光雄が死んだ責任があんたに、一つもないとは言えんやろ」

多代が目元を引き締める。

「そうです。わたしは、ずっと考えとりました。わたしのせいで光雄さんは死んだんやろかって。あの夜、わたしが保証人を断って、光雄さんものすごく落ち込んでました。どうしてええか、わからんみたいで……。光雄さんが自殺したとは思いません。そこまで弱くはなかったはずです。でも、ぼんやりはしとったかもしれません。あれこれ考えて運転が疎かになって……。ええ、お義母さんの言う通りです。光雄さんの死にわたしは責任があるかもしれません。でも、それならお義母さんはどうなんですか。息子に逃げ出したいって思わせるような母親ってどうなんですか。お義母さんには、責任がないんですか。少しも悪くないんですか」

イケハタさんの顔色が蒼くなる。血の気が引いたのだ。

「わかってるんでしょう」

多代がイケハタさんを見据える。

「お義母さんには、ちゃんとわかっとるんでしょ。自分も光雄さんの死に責任があるって。それを認めるんが嫌で、わたしを憎もうとしてるんでしょう。みんな、わたしに押し付けて、みんな、わたしが悪いことにして……それで、気持ちを落ち着かせとるんじゃないんですか」

イケハタさんが何か呟いた。聞き取れない。

「お義母さん、答えてください」

「止めて！」

悲鳴が上がった。

佐和子だ。

部屋の隅で大人たちの話にじっと耳を傾けていた佐和子は、立ち上がりこぶしを固く握りしめていた。

「もう止めてや。何でそこまで、お祖母ちゃんを責めるの」

「佐和子……」

「お祖母ちゃんもそうや。どうして、お母さんのこと憎み続けるんよ。二人ともええかげんにして」

佐和子の両眼から涙が溢れる。

「お父さんは死んだんや。死んだ人のことで、どうして憎み合わんといけんの。あたしには、たった一人のお祖母ちゃんで、たった一人のお母さんなのに、どうして」

「佐和子、だからそれは……」

「全部、知りたかった。お父さんのこと、全部知って、全部しゃべってほしかった。そしたら、お祖母ちゃんとお母さん、仲良うなれるかと思うてたの。あたし、あたし……覚えとるんよ。お祖母ちゃんがあたしを抱っこして、お母さんが靴を履かせてくれたの。二人とも優しかった。にこにこ笑うとった。それ、覚えてる。なのに、どうして……どうして、憎んだり、罵り合ったりするの。二人とも汚い。醜いよ。あたし、嫌。もう、こんなん嫌だ」

佐和子は興奮していた。異様なほど感情が昂っている。

身体を震わせ、地団駄を踏む。

「嫌、嫌、いやーっ」

「いけない」

須川が小さく叫んだ。

「佐和子さん、そんなに興奮したら駄目や」

佐和子に駆け寄り、手を差し出す。

「ううっ」

佐和子の顔が不意に歪んだ。

差し伸べた須川の腕の先で、くずおれる。

多代が悲鳴を上げた。

「佐和子！」

「ううっ、い、痛い」

「佐和子さん。しっかりしいや」

須川が佐和子の身体を抱く。

「先生……痛い……、お腹が……」

「救急車を早く」

須川が命じるより早く、朝日山がスマホを耳に当てていた。

「急病人です。すぐに、救急車、お願いします。こちらは、兎鍋村の字（あざ）西堀（にしほり）１４８です。至急、お願いします。はい……腹痛です。高校生女子が急に苦しみだしました。顔色が真っ青で……はい、意識はあります」

「出血してます」

須川が告げる。

「下腹部から出血。妊娠初期の兆候有り。そう伝えて」

朝日山が言われたとおりを繰り返す。

「妊娠」

多代が大きく目を見開いた。

「妊娠って……まさか……」

「どういうこっちゃね」

イケハタさんが腰を上げた。足元がふらついたのか、身体が揺れる。傍らにいた豊福が両手で支える。

「佐和子さん、この前からずっと体調が悪そうでした。目眩がしたり、急に気分が悪くなったり。それで、時々、保健室で休んどったんです。そしたら、須川先生が悪阻の症状じゃないかって」

豊福の言葉を須川が引き取る。

「貧血、吐き気、それにむくみもありました。もしかしたらて思ったんです。佐和子さんには生理の有無を尋ねました。そしたら、中学生のときからずっと生理不順で二、三カ月飛んでしまうことも度々だとか」

「ええ、そうです。佐和子はずっと生理が不順で……。一度ちゃんと病院で診てもらうつもりだったんです。だから妊娠なんて……」

多代が佐和子の手を握った。

「佐和子。佐和子、しっかりして。どこが痛いの」

「お母さん……お腹が……。あたし、お腹に赤ちゃんがおるの」

多代が息を詰めた。

須川がため息を吐く。

「すごく微妙な問題やから、親御さんに知らせるべきかどうか悩んで、それで豊福先生に相談したばっかりやったの。今日、佐和子さんが無断欠席しとるて聞いて、何だか居ても立ってもいられない気持ちになって豊福先生についてきたんです。あ、佐和子さん、お腹に力を入れたらあかんよ」

「佐和子、しっかりして。佐和子、目を開けて」

佐和子は額に汗をかいていた。もう呻いていない。須川の腕の中でぐったりとして目を閉じている。顔に血の気はまったくない。

「佐和子、お母さんここにおるよ。お祖母ちゃんもおるよ。しっかり、気をしっかり持って……佐和子ぉ」

多代が泣き出した。

イケハタさんがふらふらと前に出た。

「バスタオルを」

須川がイケハタさんを見上げる。

「バスタオルを何枚か持ってきてください」

「は、はい」

イケハタさんは背筋を伸ばすと、部屋から転がり出て行った。

「あ、救急車だ」

朝日山が外に飛び出す。

「先生、救急車を誘導するんならこれを回して」

豊福は棚の上の懐中電灯を掴むと、朝日山の後を追った。

サイレンの音が近づいてくる。

イケハタさんがタオルを抱えて戻ってきた。

「これで、これで足りますか。佐和子は助かりますか」

「こんなことで死んだりしません。女は強いんです」

須川が言い切る。

「こっちです。こっちです。こっちです。こっちでーす」

「早く、こっちです。おーい」

朝日山が、豊福が声を張り上げている。

「佐和子、佐和子、佐和子」

多代とイケハタさんが必死に娘の、孫の名前を呼んでいた。

ふーん、それじゃ、何もしないでぼうっとしてたのは、あんた一人ってわけかい。

二〇一号がちらりと横目で真緑を見た。

「う……。はっきり言うとそうなるかも」

へん、馬鹿馬鹿しい。ぼやかしたって同じだよ。あんたは何にもしないで、いや、できないで突っ立っていたんだろ。

その通りだ。

真緑は何もできなかった。

救急車が到着し、多代が佐和子と一緒に乗り込んだ。

「うちも、うちも病院に行く。頼んます。連れて行ってください。佐和子の傍にいさせてください」

イケハタさんが豊福に縋りつく。

「もちろんです。さっ、車に乗って。リンちゃん、お願い」

「任せて」

須川がイケハタさんを抱え、外に連れ出す。朝日山はすでに、車のエンジンをかけていた。

わたしも、わたしも行かなくちゃ。

真緑が自分のバッグを摑んだと同時に、豊福に呼ばれた。

「翠川先生」

「はいっ」

思わず背筋が伸びるような厳しい声だった。

「先生はざっと後片付けをして、火の元を確かめてや」

「え？　あ、は、はい」

「それと、パジャマと下着、二、三枚用意して持ってきて」

「あ、だ、誰のですか」

口にしてから慌てた。佐和子の物に決まっている。

豊福の眉がこれ以上ないほど吊り上がった。

「イケハタのおばあちゃんの下着持ってきて、どうすんの」

「はい、すみません。す、すぐに用意します」

「あと、戸締りも頼むでといいたいけど、鍵の在処がわからんね。ええわ、戸だけはきっちり締めて。ええね、火だけは確認しとってよ。うちは行くで」

「はい。あ、わ、わたしも病院に行きます。ど、どこの病院か連絡してください」

「喜多川中央病院や。急患受け入れられるのは、あそこしかない」

クラクションが鳴る。

豊福は「頼むで」の一言を残して、夜の闇に消えた。


で、佐和子はどうなったんだい。

二〇一号が問うてくる。口をくちゃくちゃ動かしているのは、クローバーを食べているからだ。

「今は絶対安静。何とか出血が止まったんだけど、まだ流産の危険性はあるって」

命は取り止めたわけだね。

「うん。すぐに救急車を呼べたのが幸いしたって。もう少し遅かったら、母子ともに危なかったらしい。佐和子さん、身体がかなり弱ってて……妊娠に耐えられるぎりぎりだったみたい」

なるほどね。命あっての物種。ひとまずはよかったじゃないか。で、役立たずのぁんたは後片付けをして荷物を纏めて、病院に駆け付けたんだね。まっ、それも大事な仕事ではあるよ。火事なんか出したら目も当てられないからね。さすがに有希子の指示は的確じゃないか。

二〇一号がさらにクローバーを食む。どことなく安堵したように見えた。

喜多川農林の中庭にはたっぷりの日差しが当たっていた。風が通るので、暑くはない。クローバーの緑が鮮やかだった。仄かな草の香が立ち上ってくる。

「そうだよね。さすが豊福先生で……。それに比べると、あたしはおたおたするだけで、何にもできなかった」

おや？　あんた、落ち込んでるのかい。

「そりゃあ、落ち込むよ。佐和子さんのことだって、あたし何にも気が付かなかったし……。いや、顔色悪いなと思って尋ねたことあるのよ。そしたら、生理のときは体調が悪くなるんですって」

ああ、佐和子にごまかされたわけだ。家族のことだけじゃなくて、妊娠のこともずい分と悩んでいただろうにねえ。担任のあんたも含めて、誰にも打ち明けられなかった。そりゃあ、しんどいね。

そこで二〇一号は盛大なゲップを吐いた。いつもなら、「豚にだって行儀ってものがあるでしょ」と突っ込むところだが、今はそんな元気はない。

「豊福先生と須川先生は連携して佐和子さんの様子を見てたのに。豊福先生は『もうちょっとはっきりしたら、翠川先生に相談するつもりだった』って言ってたけど、どうなんだろう。あたし、やっぱり、頼りにならないいんだろうか」

まあ、あんまりならないね。

「ひどい。そんなに露骨に言わなくてもいいでしょ」

はん。あんた、あたしに慰めてもらいたいのかい。へ、笑わすんじゃないよ。新米のくせに、泣き言や愚痴は百年早い。

「う……でも、あたしだけ蚊帳の外って感じで……」

当たり前さ。あんた、妊娠、出産の経験はあるのかい。ないだろう。

「……ないけど」

だったらしょうがないさ。経験のない若い新米教師になかなか告げられる話じゃないからさ。有希子としても悩んだんじゃないかい。あんたを戸惑わすだけかもって。

「だからそれは、やっぱり、あたしが頼りないって意味で」

いいかげんにおし。

一喝される。

まったく、鬱陶しい女だね。うだうだうだうだ、何言ってんだよ。ここで愚痴零している暇があるんなら、佐和子の様子を見に病院でも行って来たらどうなんだい。

「行くわよ。毎日、行くわよ。面会謝絶だから会えないけど」

目の奥が熱くなる。涙が突き上げてくる。熱い滴りが頰を濡らす。

「何の役にも立たないけど、でも、担任なのよ。あたし、佐和子さんの担任で……」

鼻水まで出て来た。ティシューで鼻を押さえる。

おや、上等のティシューじゃないか。美味そうだ。

「食べないでよ。ぐすっ。やだ、涙が止まらない」

ふいっと音がした。二〇一号が息を吐いたのだ。

悪いことばかりじゃないさ。

「え?」

物事ってのは悪いことばかりじゃない。いいことばかりでもないけどね。

「……どういう意味」

あんたは役立たずだけれど、一応、行動したんだろう。佐和子に会いに祖母さんの家まで出かけたんだから。それで、母親も交えてあれこれ話をした。

「まあ、荒れ模様だったけど。佐和子さん、それで気が昂って……」

けど、隠し事はなくなった。祖母さんと母親、初めてぶつかり合ったんだろう。けっこう、すっきりしたんじゃないのかい。

「そうかな……」

真緑が病院に駆けつけたとき、佐和子は処置室に運ばれていた。どういう状態なのか、まだ、誰にもわからなかった。

「佐和子、佐和子、ごめんなさい」

多代が処置室前の廊下にしゃがみこむ。

「母さんが悪かった。あんたの気持ちなんか全然、考えんと……。でも、でも、母さん、疲れてしもうて……。生きていくのがしんどかった……」

「あんただけのせいやない。うちも悪かった」

イケハタさんがうつむく。

「佐和子がうちに来たとき、あんたから佐和子を取り返したような気分になってた。あんたから娘を奪ってやるみたいなこと、ちらっと考えた。最低やなあ……。佐和子の気持ち、うちもちっとも考えんかった。ほんまに、考えんかった」

「お義母さん」

「多代、佐和子が死んだらどうしよう。うちのせいや。うちがもうちょっと素直やったら、こんなことにはならんかった」

「お義母さん、そんなこと、そんなこと、そんなことないです」

「どうしよう。佐和子がこのまま……」

そのとき、処置室のドアが開いた。

医者が出てくる。その後ろに大柄な看護師が控えていた。

多代とイケハタさんが、ほとんど同時に縋りついた。医者が危うく、よろけそうになる。

「うわっ、な、何ですか。落ち着いてください」

「先生、佐和子は、佐和子は助かりますよね」

「血がいるならうちの血を使うてください。年は取っとっても、血液は若いんです。先生」

「い、いや。そんな無茶苦茶な。落ち着いてくださいったら」

豊福がイケハタさんを、須川が多代を後ろから抱きかかえる。医者が額の汗を拭った。

「えっと、今、出血は止まりました。ただし、流産の危険が去った訳じゃありません。

かなり出血しているし、母体も衰弱しています。ただ、処置が早かったので大丈夫やとは思います。しかし、これから数日は絶対安静で様子を見させてもらいますから」

「大丈夫……、佐和子は助かるんやね。多代」

「お義母さん」

二人が抱き合う。イケハタさんは、声を上げて泣き出した。

「静かに！　ここは病院ですよ。大声を出さんといてください。はい、ストレッチャーが通ります。邪魔せんで、はいはい、邪魔邪魔」

看護師が手を振る。

ストレッチャーに乗せられた佐和子が出て来た。まだ顔色は蒼白い。

真緑はそっと声をかけた。

「佐和子さん、がんばれ。負けちゃ駄目だよ」

佐和子の睫毛(まつげ)が微かに動いた。

あれから多代とイケハタさんは病室に残った。真緑たちは半ば強制的に病院から追い出されたのだ。

二人がこのまま和解するのか、また背を向け合うのか、真緑にははかれない。一時的な興奮が過ぎ去り冷静になったとき、相手を許せるのか、真実を受け止められるのか、まるでわからないのだ。

そして、何より佐和子の未来がどうなるのか。

病院からの帰り道、真緑は豊福に問うてみた。

「先生、わたしは佐和子さんのために何をしたらいいんでしょうか」

答えは、一言、「わからん」だった。

「今のところは、わからん。ともかく、命は助かった。最悪の展開にはならなんだってことで今は、ほっとしとけばええんやないの」

そこで豊福は前を見詰めた。身体が回復する。そこに憎い敵でもいるように、暗闇を睨みつけたのだ。

「峰山が目を覚まして、身体が回復する。それからが勝負や。じっくり話し合うて、最善の道を探らなあかん。翠川先生、そう簡単に生徒を退学させたらあかん。わかってるね」

「わかってます」

「わかっているなら、よろし。教師として全力を尽くすのみ、や」

「はい」

中退なんかさせない。佐和子は学ぶのも学校も好きなはずだ。

子を産んでも、母となっても、高校だけは卒業してもらいたい。子を抱えて生きるなら、なおさらだ。

なるほど、あんたの闘いはこれからか。

にっ。二〇一号が笑う。

じゃっ、やっぱりこんなところで泣き言いってる暇、ないね。

「そうだね」

立ち上がり、スカートを軽く叩いた。

「二〇一号、愚痴を聞いてくれてありがとう。何か、すっきりした。あたし、がんばるから」

へへっ、ほんとに単純な女だね。笑えるよ。まあ、やたら落ち込むけど、ちゃんと立ち直れるのがあんたのいいとこさ。おや？

二〇一号の口の端から、クローバーの茎が落ちた。その視線の先に、男子生徒が一人、立っている。しばらく躊躇（ちゅうちょ）した後、生徒は真っすぐに真緑の前まで歩いてきた。

「林業科の間山淳平（まやまじゅんぺい）くんだね」

「はい」

「わざわざ、呼び出してごめんね」

「いえ……」

淳平が目を伏せる。林業科の三年生だ。背は高いが、身体付きは華奢で山の斜面を登ったり、材木を切り出したりするには些か心許ない気がする。もっとも、肌はよく日に焼けていかにも健康そうだった。

「二年二組の峰山佐和子さんのことで話があるの」

淳平の肩がひくりと動いた。

「あなた、佐和子さんにネームプレート、あげた？」

ひくり。また制服の肩が動く。

昨日、パジャマを捜すために佐和子のものと思しき旅行カバンを開けた。そこで木製のネームプレートを見つけたのだ。

ＳＡＷＡＫＯ。

佐和子の名前がローマ字で綴られていた。丁寧な作りで、花や蝶が彫り込まれ愛らしかった。

ネームプレートは林業科の学生が穀菽祭のとき販売する。その場で板に名前を書き込み、電動ノコや彫刻刀を使って細工するのだ。ただ、ＳＡＷＡＫＯのプレートはそういう物より、ずっと手が込んでいた。しかも、苗字ではなく名前だ。

裏返すと、Ｍ・Ｊと頭文字が彫ってあった。

「林業科でＭ・Ｊにあてはまるのは、あなたしかいなかったの。間山くん、あなた、佐和子さんと付き合っているのよね」

「……はい」

「いつから？」

「一年ほど前からです」

不意に淳平が顔を上げる。

「おれ、遊びやないです。本気で佐和子……峰山さんと付き合うてました。本気で……。でも、でも……子どもができたて聞いて、どうしていいかわからんで……ずっと悩んでて……。佐和子は学校辞めて、自分で育てる言うて……。おれ、何とかしなくちゃて焦ってたけど、どうしたらええかちっともわからんで……」

「わからんじゃすまないのよ。間山くん」

真緑は長身の生徒を見上げた。若い男の体臭が微かにする。

「セックスしたら妊娠する可能性はあるの。どうして、ちゃんと避妊をしなかったの」

淳平はうつむいたまま、答えない。

「佐和子さん、昨夜、流産しそうになって病院へ運ばれたの」

「えっ」

淳平の両眼が見開かれた。

「ほんまですか、先生。そ、それで佐和子は」

「今は絶対安静。面会謝絶です」

「そんな……」

「ねえ、間山くん」

真緑は半歩、淳平に近づいた。

「一緒に考えよう」

「え？」

「佐和子さんの身体が回復したら、どうするのが一番いいか、みんなで考えよう。あなたたちはまだ高校生。二人だけで現実を背負うのは無理でしょ。だから、一緒に考えよう」

淳平の顔は強張ったままだ。その表情で一礼すると、真緑に背を向けた。逃げるように足早に去って行く。

思わずため息を吐いていた。

現実はドラマのようにはいかない。ハッピーエンドはめったに訪れないし、あやふやなまま前へと進んでいく。

淳平はどうするのか。

佐和子はどうするのか。

まだ、道は見えない。

でも流されない。現実の上に両足で踏ん張り、生徒と共に生きてみせる。決して、生徒を不幸にしない。

わたしは教師なんだ。

あんまり力まないことだね。

二〇一号が二度目のゲップを出した。

あんたにできることなんて知れてるんだ。やたら力んだって空回りするだけさ。力を抜いて、自分にできることをやるだけじゃないのかい。それに、あんた自身も解決しなくちゃならない問題があるんだろ。

「え……、あ、そ、それは」

自分のこともちゃんとできないで、生徒のため生徒のためって騒ぐなんて。

二〇一号が口をつぐむ。畜産科の生徒が三人、校舎の陰から現れたのだ。

「いたーっ、二〇一号、発見」

「こら待てーっ。二〇一号、豚舎に帰るよ」

二〇一号はくるりと向きを変えると、けっこうなスピードで走り出した。

「うわ、また、逃げるぞ」

「逃がすか」

「こら、待ちなさーい」

全速力で逃げる豚の後を生徒たちが追いかける。

喜多川農林ならではの風景だ。

「解決しなきゃならないこと」

真緑は小さく独り言ちた。

去勢されたばかりの子豚が鳴いている。

親豚も柵に鼻を押し付けて、ぶひぶひと声を上げる。

「松田くん」

作業中の背中にそっと声をかける。

松田実里は振り向きざま、座っていたプラスチックのイスから立ち上がった。青い小さなイスが倒れる。親豚がまた、ぶひぶひと鳴いた。

「先生」

「笹原さんに豚舎にいるって聞いたから……。大学、休みなんだ」

「あ、はい。もうすぐ農繁期なので、その間は……」

真緑は大きく息を吸った。

豚舎の匂いが胸に満ちる。いい匂いだ。

「ごめんなさい」

深く頭を下げる。実里の声が戸惑い、揺れる。

「ええっ、ど、どうして先生が謝るんです」

「松田くんを傷つけたから。せっかく助けに来てくれたのに、あたし……成り行きだなんてひどいこと言ってしまって……」

「いや、それなら、謝るのはおれの方です。あんな風に逃げるなんて、おれ、まだガキやなって……。正直、あれから、ずっと落ち込んでて。先生に軽蔑されたかもなんて、ずっと気分、淀んでました」

ふっ。実里が笑う。

「ほんとは、おれから謝りにいかんとあかんかったんです。でも、それもできんで。つくづくガキですよね。おれ」

実里はゆっくりとゴム手袋を取った。

「抱いてもいいですか」

「あ……」

「あのときみたいに、もう一度、抱き締めていいですか」

実里を見上げ、真緑はゆっくりと頷いた。

「はい」

ふわり。森の匂いが漂ってくる。頬が男の硬い胸に押し付けられる。真緑も両手を実里の背に回した。

「好きです」

実里の腕に力がこもった。

「おれ、どうしようもないほどガキやけど、でも、先生が好きです」

「はい」

真緑も指に力を入れる。

ああ、温かい。

「ありがとう、松田くん」

ほんの少し身じろぎする。実里との間に隙間を作る。

「あたしも松田くんが好きです。最初に自転車に乗せてもらったときから、ずっと心に残ってた」

「先生」

「好きです。でも、あたし、自分のことでいっぱいいっぱい。まだ新米で、どんな教師になったらいいかもわからない。いつも、どたばたしてるばっかりで、生徒たちの力になんてほとんどなれないの。でも、それでも、あたし教師でいたい」

すうっと風が纏わりついてくる。少し寒い。さっきの温かさはどこに消えたのだろう。

「だから、きっと松田くんのこと、また、傷つけるかもしれない。振り回してしまうかもしれない」

「存分に」

実里がまた笑んだ。

「おれは真緑先生が好きです。振り回されても構いません。おれが勝手に傷つくことはあっても傷つけられることはないです。絶対に。真緑先生は他人を傷つけたりできない人ですから」

「松田くん」

「おれも半人前です。だから待ちます。いや、待ってください。おれが一人前になって、真緑先生と対等になれる日まで待っていてください。いや、そんなに待たせたりしません」

「はい」

真緑は泣きそうになった。

こんな真っ直ぐな告白を受けられる。

泣きそうだ。泣いてもいいだろうか。

どん。とつぜん、肩のあたりに衝撃が来た。

「きゃっ」

柵から乗り出した豚が鼻で突いてくる。

「ちょっと、止めて。あんた二〇一号の回し者、いや、回し豚なの」

ぶひぶひ。

「何笑ってんのよ。人間を舐めるんじゃないわよ」

ぶひぶひ。

実里が噴き出した。

「あはは、やっぱり最高だ」

「もう、松田くんまで笑わないでよ」

「笑いますよ。先生といるとずっと笑っとれるから」

実里がもう一度、手を差し伸べてきた。

真緑は目を閉じ、その腕の中に身体を委ねた。

「おれのグリーン・グリーンだ」

心地よい呟きが、耳朶に触れる。

豚が鳴いている。

この声をきっと一生覚えているだろう。

豚は鳴き続けている。

解説

内澤旬子

なんだかすごい話を読んでしまったと打ちのめされ、しばし茫然としてしまった。

え？　なんで？　と思う方も多いでしょう。失恋したときに食べたおにぎりの美味しさに導かれ、そのおにぎりに使われた米の産地にある農業高校に志願した、ちょっと天然な新人女性国語教師。

美しい棚田に見とれつつ、都会育ちの若い女性が農業高校で戸惑いながらもすこしずつ生徒たちや先輩の先生方、土地の人たちとの交流を深め、一歩ずつ成長していく。どこから読んでも軽やかでちょっとユーモラスで爽やかな青春物語だ。本作は新任二年目、『グリーン・グリーン』の続編にあたる。

それのどこに打ちのめされたのかをご説明して、解説とします。

まずその前にちょっと長くて申し訳ないけれども私の自己紹介をさせていただきます。私、内澤旬子は今から三十年前にモンゴルを旅。遊牧民が飼っている羊を解体して御馳走を作ってくださったことをきっかけに、生きた飼育動物から肉を取り出す過程を全く知らず考えずに生きて来たことに気づいてしまい、世界各地、宗教や文化圏の異なる場所での屠畜解体の現場を取材。

　過程とともに肉を食べること、動物の生命を奪うことについてどう考えているのかを知りたかったからだ。十年くらいかかっただろうか。それを『世界屠畜紀行』（角川文庫）というイラスト図解入りのルポにまとめた。

　その後家畜と呼ばれる動物たちの身体を切り開いて筋組織を美味しい肉としてとっていく、そのやり方はわかったけれど、今度はどうやって育ってきたのかについて、なにも知らないことに気が付いてしまった。

　そこで自分で家の軒先で豚を三匹飼ってみながら大規模養豚を取材しつつ、育てた豚を食べるまでを書き上げたのが『飼い喰い　三匹の豚とわたし』（角川文庫）だ。どちらの本も、苦手な人ならば目をそむけたくなるシーンがどっさり出てくる。でも、どの肉も、素晴らしく美味なのであることにも言及した。

　畜産農家が心血注いで餌や飼養環境を工夫しながら育て上げたあとに、素早く屠畜解体されたものだから。そしてどこをどう切ってどう保存したら肉を美味しくするのか、そしてどう調理したら美味しいか、世界中で考え抜かれてきたのだ。そりゃ美味いに決まっている。

でも、美味のためには、ぴちぴち元気な家畜の生命を奪わねばならない……の永遠ループ。

本書の真緑先生が赴任する高校は、よりによって農林高校。畜産科の授業では実際に鶏を捌く。希望すれば畜産科以外の学生も参加できるのだ。

地方の限界集落に暮らしていても、なかなか突き当らない問題に、真緑先生はぶち当たってしまうのだ。いや、国語教師なんだから見て見ぬふりもできるのに、自分から突っ込んでいく。ヘタレなのにやらかしてしまうところが、実に可愛らしい。そしてそのヘタレぶりをあざ笑いながら叱り飛ばすのが、学校で飼養されている豚、二〇一号なのだった。

肉を食べるために家畜を育て生命を奪うことをどう考えるべきなのか。「善」なのか「悪」なのか。「正しい」「必然」「必要悪」「不経済」「少なくするべき」。様々な考え方の人がいる。

私はこのテーマに絶対的な正解はないのではと考えている。

いつの時代でも動物を殺して肉を食べることを残酷で悪ととらえる人は一定数存在

したし、現代では大規模畜産が地球温暖化に悪影響を及ぼすという理由から牛肉を食べ控える人までもでてきている。人畜共通感染症が発見されれば、その動物を食べたくても感染の危険があれば廃棄される。

一方で、地球上の生物は微生物の段階からして新鮮な、腐敗していない他生物の死骸を自分の身体に取り込むことで生命を維持している。これはどうにも変えようがない。

植物とて生物である。動物だけをあえて食べないことへの整合性はあるのだろうか。

と言いつつも、今や最先端の技術で培養肉が誕生している。動物を育てずに肉だけ育てることが可能になったのだ。虫を動物タンパク源として食べる動きも加速してきている。肉を食べないことを選択する人に対しての追い風は、ここ十年くらいで非常に強くなってきているのだ。

しかし考えてみてほしい。家畜は人間が長年にわたって野生動物を食用肉を採取するために品種改良して作り出した生物（ほかにも乗用として馬、農耕として水牛、愛玩として犬や猫などの用途もある）で、人間から餌を貰わずに自立して生きることが難しい。野生化できる場合もあるが、本当にごくわずかだ。

もし牛や豚がかわいそうだから、肉食は悪だからと食べるのをやめたら、彼らは地球上から姿を消さねばならないのだ。なんという矛盾(むじゅん)。

ねえ、そこのところ実際どう思ってます？　と聞いてみたくなる。読者の皆様にではなく、当事者である家畜たちに、だ。

私は三匹の豚を飼ったときに、敢(あ)えて名前を付けて話しかけてかわいがってみた（ちなみにあとで食べるとわかっている動物に名前を付ける行為は日本ではタブーに近いので、読者の共感は得られなかったようだ）。

彼らは私の話す日本語をどこまでかわからないけれどもある程度は理解していた。さまざまな反応をされて驚かされた。今は地方の離島でヤギと猪(いのしし)を飼っているけれど、彼らもかなり理解してくれている。

けれどもやっぱり複雑な会話はできない。この問題についてどう思いますか？　どうしたいですか？　と全飼養動物に問うてみたいと思いつつも、その夢が叶うより先に培養肉が実用化されつつある。悲しい。

ところが本書では豚の二〇一号が、食用豚として登場しながらも、真緑先生と会話ができるのだ。そして食べられる立場をべらべらとしゃべり出すのである。

いや、小説だからなんでもありとはいえ、農林高校を舞台にして、ですよ？　しかもブラックユーモアあふれるシニカルな作品でもなくて、あくまでも爽やかな青春小説。どうやったらそんな奇術みたいなことができるのだろうか。

食肉の問題だけではない。地方移住してノンフィクションを書いている自分からすると、地方が山積みで抱える問題もまた複雑怪奇で一口では説明できないことばかりなのだ。人口減、少ない雇用、野生動物の跋扈（ばっこ）……。それをまたサラリと軽やかに触れながらも、触れすぎず。でも間違えずに地方のことを知らない人たちに向けて、興味を誘うように書いていらっしゃる。


作家の力量の凄（すご）さに改めて震えあがってしまったのであった。

「食べる＝命をいただく」ことと「自然との共生」の大切さをきっちりと子どもたちに語りかける作品は、他にもあまた存在する。

ただ、これは私見であるが、動物たちの意思の確認ができないままに食べる選択を決めたことへの重みを引き受けるべく、とても意志的に語る作品が多いように思える。

そんななかでこの作品の存在は、一見ふんわり爽やかなのに、ひとつ超越した凄みを放っている。
是非とも三年目の続編が読みたい。きっと三作目では豚の二〇一号がなぜ真緑先生と会話できるのかの秘密が明らかにされそうな気がする。

二〇二一年　十月

この作品は2018年9月徳間書店より刊行されました。
なお、本作品はフィクションであり実在の個人・団体などとは一切関係がありません。

徳間文庫

グリーン・グリーン

新米教師二年目の試練

2021年11月15日 初刷

著者 あさのあつこ
発行者 小宮英行
発行所 株式会社徳間書店
東京都品川区上大崎三―一―一
目黒セントラルスクエア 〒141―8202
電話 編集〇三(五四〇三)四三四九
販売〇四九(二九三)五五二一
振替 〇〇一四〇―〇―四四三九二
印刷
製本 大日本印刷株式会社

ISBN978-4-19-894686-9 (乱丁、落丁本はお取りかえいたします)